KB123336

唐詩画譜

당시화보

황봉지 편간

기태완 역주

보고사

머리말

『당시화보』는 일종의 삽화가 있는 시선집이다. 이 시집의 삽화는 평범한 것이 아니다. 먼저 당시의 명편을 선발하여, 그 시의 의도를 화가가 그림으로 그리고, 그 그림을 다시 이름난 각공(刻工)이 목판에 새겨서 판화로 찍어낸 것이다. 또한 당대 명필들의 글씨를 받아서 그림과 함께 판각으로 실어놓았다. 그래서 『당시화보』는 명시, 명화, 명서, 명각을 함께 감상할 수 있는 종합 서적이다.

『당시화보』를 기획하고 출판한 사람은 황봉지(黃鳳池)이다. 황봉지는 그 생애가 자세하지 않지만 명나라 말엽의 저명한 장서가이며 출판가로 알려져 있다.

황봉지는 안휘(安徽) 신안(新安) 사람이며 자칭 집아재주인(集雅齋主人)이라 했다. 만력(萬曆, 1573~1620) 연간에 항주(杭州) 화시(花市) 안에 집아재서방(集雅齋書坊)을 설립하고 『당시화보』를 기획하여 출판했다. 먼저 『오언당시화보(五言唐詩畫譜)』와 『칠언당시화보(七言唐詩畫譜)』를 차례로 간행했는데 세상에서 큰 인기를 끌었다. 그 인기에 편승하여 연이어 『육언당시화보(六言唐詩畫譜)』를 간행했다. 이 3책을 합하여 『당시화보』라고 한다.

황봉지는 『당시화보』 이외에 집아재에서 『매죽란국사보(梅竹蘭菊四譜)』, 『초본화시보(草本花詩譜)』, 『목본화조보(木本花鳥譜)』를 간행했고, 청회재(淸繪齋)에서 『당해원방고금화보(唐解元仿古今畫譜)』, 『장백운선명공선보(張白雲選名公扇譜)』를 간행했다. 이를 합하여 '황씨화보팔종(黃氏畫譜八種)'이라 한다. 이들은 모두 만력과 천계(天啓, 1621~1627) 연간에 간행되었다.

『오언당시화보』와 『칠언당시화보』는 당시 오언절구와 칠언절구를 각각 50수씩 뽑아서 실었는데 그 선발된 시인은 모두 99명이다. 『육언당시화보』는 육언절구를 모은 것인데 처음에 50수를 선발했다. 그러나 나중에 여러 복각본이 출간되는 과정에서 판본마다 출입이 있어서 49수에서 60여 수까지 편수가 동일하지 않고, 순서도 각기 다르고, 그림도 빠진 것이 있다. 심지어 『전당시(全唐詩)』 등 여러 당시집에서 확인할 수 없는, 위작이라 짐작되는 시편들이 적지 않다. 그것은 육언절구가 본래 희소한 작품이기 때문에 억지로 숫자를 채우다보니 벌어진 일이 아닌가 싶다.

선발된 시는 저명한 시인의 명작들이 많다. 초당의 왕발(王勃)과 낙빈왕(駱賓王), 성당의 왕유(王維), 맹호연(孟浩然), 잠삼(岑參), 고적(高適), 이백(李白), 두보(杜甫), 중당의 백거이(白居易), 유장경(劉長卿), 한유(韓愈), 유종원(柳宗元), 유우석(劉禹錫), 이하(李賀), 만당의 이상은(李商隱), 두목(杜牧) 등의 작품이 실려 있다.

『당시화보』에 글씨를 쓴 인물들은 소주(蘇州), 항주(杭州), 송강(松江), 흡현(歙縣) 지역의 서예가들이 많다. 그 중에는 후세까지 명필로 저명한 이들이 적지 않다. 동기창(董其昌), 진계유(陳繼儒), 유문룡(俞文龍), 주걸(朱杰), 허광조(許光祚), 탕환(湯煥), 오사기(吳士奇), 장이성(張以誠), 초굉(焦竑), 전사승(錢士升), 왕반(王泮), 심량사(沈良史) 등이 그들이다. 서체는 전서, 예서, 해서, 행서, 초서 등이 모두 갖추어 있다.

그림은 채원훈(蔡元勛)이 거의 전담했다. 채원훈은 자가 여좌(汝佐), 또 다른 자는 충환(沖寰)이다. 그는 휘주(徽州) 출신으로, 당시 저명한 삽화화가였다. 그는 『당시화보』 이전에 『홍불기(紅拂記)』, 『단계기(丹桂記)』, 『옥잠기(玉簪記)』, 『수유기(繡襦記)』 등의 희곡 간본(刊本)에 삽화를 그려서 호평을 받았고, 만력 32년(1604)에 『도회종이(圖繪宗彝)』를 그려서 명성을 드날렸다. 『육언당시화보』의 일부분을 그린 당세정(唐世貞)도 삽화로 유명한 화가였다.

『당시화보』의 판각은 당시의 유명한 각공(刻工)들이었다. 그 중 유차천(劉次泉)은 신안(新安) 출신의 명공이었는데 나중에 항주로 옮겨 살았다. 그가 판각한 『탕해약선생비평서상기(湯海若先生批評西廂記)』, 『오현령관대제화광천왕전(五顯靈官大帝華光天王傳)』 등이 전한다.

『당시화보』의 제작에 휘주(徽州 : 옛 명칭은 歙州, 또 다른 명칭은 新安이고, 지금의 안휘성 黃山市 지역) 출신의 출판인, 화가, 서예가, 각공들이 참여했기 때문에 휘파(徽派) 판각 예술의 전통을 이었다고 평가된다.

『당시화보』는 청나라에서 여러 번 복각되었고, 일본에서도 1672년과 1710년에 명각본(明刻本)을 복각했고, 1918년에는 동판축인본(銅版縮印本)이 간행되었다. 우리나라에서는 아직까지 『당시화보』가 간행된 바가 없다.

이 『당시화보』 역주본은 시를 번역하고 주석을 붙였고, 해당 시의 작가를 간략히 소개했다. 또 참고란을 통하여 글씨를 쓴 서예가를 소개하였고, 또 삽화가가 화법을 모방한 화가들을 소개했다.

역주 작업은 한국전통악무연구소(韓國傳統樂舞研究所)의 학우들과 함께 『당시화보』를 강독하고 암송하면서 이루어진 것이다. 여기에 참여한 학우들은 박현희(화가), 권오향(동양철학박사), 김복선(플로리스트 마이스터), 차명희(예술철학박사), 이종숙(무용학박사) 등이다.

2015년 가을

정취재(情趣齋)에서 어옹(漁翁)

차 례

칠언절구

육언절구

오언절구

당시화보서

시는 성당(盛唐)의 시를 정교한 것으로 여기는데 시 속에 그림이 있는 것이 또한 당시(唐詩) 중에서 더욱 정교한 것이다. 대개 마음속에 있는 뜻이 발현되어 시를 이루는데 억지로 가져다 붙이지 않고, 화려하게 꾸미지 않고, 입에서 나오는 대로 이루어서 절로 온갖 아취를 지극히 하고, 넓고 아득한 안개와 파도를 눈앞에다 모두 모은다면 무엇이 그림이 아니겠는가! 이 도(道)는 본래 미묘한 것인데 문필가들은 모두 억지로 붙잡고 힘써 찾으면서 지나치게 수식하고 아로새기는 것을 정교한 것으로 삼기 때문에 "다섯 글자를 읊어 이루는데 온 마음을 다 소비한다"는 비난이 있다. 심한 자는 침상에 엎드려서 머리와 얼굴을 감싸고, 집안 사람들은 소란을 막고, 닭과 개도 자취를 감추고, 갓난애와 어린 계집애는 안아다가 이웃집에 맡기고, 청정(清淨)함을 도모하여 취하고, 정력을 다 쏟고 정신을 피폐하게 하고, 함부로 시취(詩趣)라고 말한다. 다만 노심초사하였을 뿐 삭막하게 무미하니 시에 어찌 그림이 있겠는가? 사람은 오직 견문에 구속되지 말고, 명성과 이익에 빠지지 말고, 나의 심령(心靈)으로써 저 경계에 참여하여 날마다 서로 비추고, 곳곳마다 원통(圓通)하면 화려하고 찬란하여 눈과 마음을 놀라게 하니 가는 곳마다 그림이 아닌 것이 없다. 이 도는 오직 성당(盛唐)의 대가(大家)만이 터득했다. 봉지(鳳池) 황공(黃公)은 오랫동안 그것을 깨달음이 있어서 당시 백 수를 어렵게 선발하고, 널리 명공(名公)을 구하여 글씨를 쓰게 하고, 신중히 명필(名筆)을 청하여 그림을 그리게 하여 각자 정력과 정신을 다 쏟아서 더욱 교묘함을 펴게 했다. 승묵규구(繩墨規矩 : 법도)의 중심에 계합하고, 풍신색택(丰神色澤 : 겉모습)의 밖에서 깨달았다. 곧 구방고(九方皐)가 말을 감별하는 것처럼 암컷과 수컷, 검은색과 황색을 모두 파악하지 못하면 남겨두지 않았다. 이 화보를 간행한 것은 거의 천하의 빼어난 볼거리이다. 내가 생각건대 동서남북의 인사들이 서로 찬양하고 함께 감상하며, 수주(隋珠)와 화벽(和璧) 같은 보배로 여기고 사람마다 가격을 올리며 간절히 구하면서, 발길들이 장차 문 밖에서 어지러울 것이다. 저 다른 방(坊)의 여러 각본(刻本)들이 산처럼 쌓여서 높은 시렁에 방치되어 있는 것과 비교하면 하늘과 땅의 차이일 뿐이 아니다. 대개 세상에서 불후(不朽)하다고 말하는 것에 세 가지가 있는데 시와 글씨와 그림이다. 이 세 가지의 진선진미를 때때로 읊고, 때때로 베껴 쓰고, 때때로 승경을 열람하면서 끊임없는 성대한 기세를 마음에서 터득하고 손으로 응하니, 황홀하기가 포정(庖丁)이 소를 해체하는 듯하고, 필묵의 혜경(蹊徑) 밖에서 초연하다. 저것을 갖추고 가장(家藏)으로 삼는다면 어찌 다만 한 세대에만 남겨줄 것인가? 장차 대대로 진보로 삼게 될 것이다. 모든 열람을 얻는 자들은 장차 황생(黃生)의 공을 칭송하기를 그치지 않을 것이다. 나는 완상하며 손에서 놓을 수가 없었는데 이로 인하여 책머리에 서문을 써서 감상에 한 보탬이 되고자 한다.

전당(錢塘) 왕적길(王迪吉)

唐詩畵譜敍

詩以盛唐爲工, 而詩中有畫, 又唐詩之尤工者也. 蓋志在於心, 發而爲詩, 不緣假借, 不藉藻繢, 矢口而成, 自極百趣, 煙波浩渺, 叢聚目前, 孰非畵哉! 此道旣微, 操觚染翰者皆强操力索, 以雕琢鏤刻爲工, 故有'吟成五字, 費盡一心'之譙. 甚者偃臥床榻, 蒙閉頭面, 家人屛諠, 鷄犬遁迹, 嬰兒幼女, 抱寄隣室, 圖取淸淨, 而竭精弊神, 猥云詩趣. 詎知勞心焦思, 索然無味, 詩安有畵哉? 人惟勿束於見聞, 勿汨於聲利, 以我心靈, 參彼境界, 天天相照, 在在員通, 葩華璀璨, 劌目鉥心, 無之而非畵矣. 此道惟盛唐大家得之. 鳳池黃公, 久有悟焉, 遴選唐詩百首, 廣求名公書之, 顓請名筆畵之, 各極神精, 益紓巧妙. 契合於繩墨規矩之中, 悟會於丰神色澤之外. 卽九方皐之相馬, 牝牡驪黃, 均不得而泥之. 玆譜所鐫, 殆宇內之奇觀哉. 吾料東西南北之士, 交賞而共鑑之, 寶若隋珠和璧, 人人增價懇求, 履將錯於戶外. 視夫他坊雜刻, 汗牛充棟, 束之高閣者, 弗啻天淵矣. 大都世所稱不朽者有三, 詩也, 字也, 畵也. 三者盡美盡善, 時而吟咏, 時而摹臨, 時而覽勝, 洋洋灑灑, 得之心而應之手, 恍若庖丁解牛, 超然筆墨蹊徑之外. 而彼置爲家藏也, 豈徒垂之一世哉? 將世世珍之矣. 凡得於披閱者, 將誦黃生之功不衰也. 予玩不能釋手, 因爲序之於首, 以爲鑒賞之一助云.

錢塘 王迪吉

倣夏珪筆意

太宗皇賜房玄齡

太液仙舟迥西園引上

才未曉征車度鷄

鳴關早開

沈良史

태종황제가 방현령에게 하사한 시

太宗皇賜房玄齡[1)]

太液仙舟迥[2)]	태액지의 선주는 아득하니
西園引上才[3)]	서원에서 뛰어난 인재들을 이끄네
未曉征車度[4)]	날 새기 전에 정거가 지나가니
雞鳴關早開[5)]	닭이 울어 관문이 일찍 열렸네

【주석】

1) 太宗皇賜房玄齡(태종황사방현령) : 원래 제목은 〈사방현령(賜房玄齡)〉이다. 태종황은 당태종(唐太宗) 이세민(李世民, 598-649)이다. 장형인 태자 이건성(李建成)과 아우 이원길(李元吉)을 죽이고 태자에 올라서, 얼마 후 제2대 황제에 올랐다. 국경을 개척하고 나라를 안정시켜 이른바 정관지치(貞觀之治)를 이루었다. 방현령(579-648)은 제주(齊州) 임치(臨淄 : 지금의 山東省) 사람으로, 위징(魏徵)과 두여회(杜如晦) 등과 함께 당태종의 중신(重臣)이었다. 재상을 15년 동안 지내면서 많은 인재를 등용시켰다. 사서(史書)에서 현상(賢相)이라 했다.

2) 太液(태액) : 당나라 장안성(長安城) 대명궁(大明宮) 북쪽에 있었던 태액지(太液池). 본래 이름은 봉래지(蓬萊池)이다. 궁중 원림(園林)의 중요한 못으로 삼신산(三神山)을 형용했다. 仙舟(선주) : 배의 미칭.

3) 西園(서원) : 하남성(河南省) 낙양현(洛陽縣) 서쪽에 있으며, 수나라가 나라를 세운 초기에 쌓은 것이다. 회통원(會通苑), 방화원(芳華苑)이란 딴 이름이 있으며, 당나라 때에는 자원(紫苑) 또는 금원(禁苑)이라 불렀다. 북경 옛 황성의 서화문(西華門) 서쪽에도 서원이 있는데, 금나라 때의 이궁(離宮)이며, 그 안에 태액지(太液池)가 있다. 引(인) : 『전당시(全唐詩)』에는 '은(隱)'으로 되어 있다.

4) 征車(정거) : 현인을 초빙하는 수레.

5) 雞鳴關早開(계명관조개) : 전국시대 맹상군(孟嘗君)이 진(秦)나라에서 도망쳐 나올 때 밤중에 함곡관(函谷關)에 당도했으나, 관법(關法)에 닭이 울기 전에는 문을 열어주지 않게 되어 있었다. 한편 맹상군의 속임수를 알아차린 진 소왕은 사람을 시켜서 급히 맹상군을 쫓게 하여 그들이 바짝 뒤쫓아 오고 있는 터라, 상황이 몹시 다급하던 차에 마침 그 문객 중에 닭 울음소리의 흉내를 잘 내는 사람이 닭 울음소리를 내자 인근의 닭들이 일제히 울어댐으로써, 마침내 관문을 열어 주어 그곳을 무사히 빠져 나갈 수 있었다. 여기서는 맹상군의 고사를 빌어서, 방현령의 인재를 맞이하려는 정성이 닭을 감동시켜 성문을 일찍 열게 했다는 것을 말한 것이다.

【참고】

하규(夏珪) : 남송(南宋) 화가. 자는 우옥(禹玉), 임안(臨安) 전당(錢塘 : 浙江 杭州) 사람이다. 이당(李唐), 유송년(劉松年), 마원(馬遠)과 함께 '남송사대가(南宋四大家)'라 불린다. 영종(寧宗) 때 대조(待詔)를 지내고 금대(金帶)를 하사받았다. 인물 그림은 묵색을 빚어낸 것이 분을 칠한 색과 같았고, 필법이 창로(蒼老)하고, 묵즙(墨汁)이 임리(淋漓)했다. 설경(雪景)은 전부 범관(范寬)을 배웠는데 원중(院中) 사람들의 산수화 가운데 이당(李唐) 이하 모두가 그를 넘어서지 못했다.

倣馬和之筆意

春夜

虞世南

春苑月徘徊
竹堂侵夜開
驚鳥排林度
風花隔水來

陳繼儒

춘야

春夜

우세남(虞世南)[1]

春苑月裵回[2]	봄 정원에 달이 배회하고
竹堂侵夜開	대숲 집은 밤중에 열렸네
驚鳥排林度	놀란 새들은 숲을 뚫고 지나가고
風花隔水來	바람에 날린 꽃은 물 건너에서 오네

【주석】

1) 우세남(虞世南, 558-638) : 수(隋)나라 말에서 당(唐)나라 초의 문인. 자는 백시(伯施), 여도(餘姚 : 浙江) 사람이다. 능연각(淩煙閣) 24공신 중의 한 사람이다. 수양제(隋煬帝) 때 기거사인(起居舍人)을 지내고, 당나라에서 비서감(秘書監), 홍문관학사(弘文館學士) 등을 지냈다. 당태종(唐太宗)이 그를 칭찬하여 덕행(德行), 충직(忠直), 박학(博學), 문사(文辭), 서한(書翰)이 오절(五絶)이고, "당대(當代)의 명신(名臣)이고, 인륜(人倫)의 준적(准的)이다"고 했다. 우세남은 시문과 서예에 뛰어났는데, 세상에 전하는 묵적(墨跡)으로 〈공자묘당비(孔子廟堂碑)〉, 〈파사론(破邪論)〉 등이 있다. 저서로 『필수론(筆髓論)』, 『서예술(書旨述)』, 『북당서초(北堂書鈔)』, 『우비감집(虞秘監集)』 등이 있다.

2) 徘徊(배회) : 배회(裵回).

【참고】

○ 진계유(陳繼儒) : 1558-1639. 명나라 문인 겸 서화가(書畫家). 자는 중순(仲醇), 호는 미공(眉公), 미공(麋公)이다. 화정(華亭 : 上海 金山 楓涇 泖橋村) 사람. 제생(諸生)을 지내고 29세에 소곤산(小昆山)에 은거하였다가 나중에 동여산(東余山)으로 옮겼다. 시문에 능했고, 서법은 소식(蘇軾)과 미불(米芾)을 배웠고, 또한 그림에도 뛰어났다. 묵매(墨梅)와 산수를 잘 그렸고, 문인화(文人畫)

를 창도했다. 남북종론(南北宗論)을 지니고 화가의 수양을 중시하고, 서화동원(書畫同源)을 찬동했다. 화첩으로 『매화책(梅花冊)』, 『운산권(雲山卷)』 등이 전하고, 저서로 『진미공전집(陳眉公全集)』, 『소창유기(小窗幽記)』 등이 있다.

○ 마화지(馬和之) : 남송(南宋) 화가. 생졸 연대는 미상이다. 고종(高宗) 때에 활약했다. 전당(錢塘 : 浙江 杭州) 사람이다. 고종 소흥(紹興, 1131-1162) 연간에 등제(登第)했다. 일설에는 공부(工部), 혹은 병부시랑(兵部侍郎)을 지냈다고 한다. 화원대조(畫院待詔)를 지냈다. 궁전화가 10인 중에 관직의 품계가 최고의 화가였다. 불상(佛像), 계화(界畫), 산수(山水)를 잘 그렸고, 더욱 인물을 잘 그렸다. 인물은 오도자(吳道子)와 이공린(李公麟)을 배웠다. 그림의 풍격이 당나라 오도자와 유사하여 당시에 '소오생(小吳生)'이란 칭호가 있었다. 고종(高宗)과 효종(孝宗) 연간(1127-1189)에 그 그림을 중시했는데 고종이 일찍이 『모시(毛詩)』 삼백 편을 쓰고, 그것에 화답하여 매 편마다 그림 한 장씩 그리라고 명했다. 모아서 거질(巨帙)이 되었는데, 애석하게도 겨우 50여 폭을 완성하고 세상을 떠났다. 전하는 작품으로 〈후적벽부도(後赤壁賦圖)〉, 〈고목류천도(古木流泉圖)〉, 〈월색추성도(月色秋聲圖)〉, 〈빈풍(豳風)〉 등이 있다.

靜夜相思

李群玉

山空天籟寂
水榭延輕涼
浪定一浦月
藕花閑自香

沈元善

고요한 밤의 그리움

靜夜相思

이군옥(李群玉)[1]

山空天籟寂[2] 산은 비고 온갖 소리 고요하고
水榭延輕涼 물가 정자는 가벼운 서늘함을 이끄네
浪定一浦月 물결 잔잔한 한 물가에 달 뜨고
藕花閑自香 연꽃은 한아하게 절로 향기롭네

【주석】

1) 이군옥(李群玉) : 808-862. 자는 문산(文山), 풍주(澧州) 사람. 젊은 시절, 두목(杜牧)이 풍주를 유람할 때 그에게 과거에 응시할 것을 권유한 적이 있다. 나중에 재상 배휴(裴休)가 호남(湖南)을 시찰할 때 그에게 시를 지어 황제에게 올릴 것을 권유했다. 시 3백 편을 지어 올리니, 선종(宣宗)이 그 시를 편람한 후 고아하다고 칭찬하고 홍문관교서랑(弘文館校書郎)을 제수했다. 3년 후 사직하고 귀향했다. 『이군옥시집(李群玉詩集)』이 있다.

2) 天籟(천뢰) : 만물의 온갖 소리.

五里
五里

馬上作 杜荀鶴

五里復五里住時無住

時日將家漸遠猶恨

馬行遲

伯林錢天瀏書

말 위에서 짓다

馬上作

두순학(杜荀鶴)[1)]

五里復五里	오 리를 가고 또 오 리를 가며
住時無住時	머물러야 할 때 머물지도 않네
日將家漸遠	날이 갈수록 집은 점차 멀어지는데
猶恨馬行遲	오히려 말이 더디게 가는 것이 한스럽네

【주석】

1) 두순학(杜荀鶴) : 약846-약906. 자는 언지(彦之), 자호는 구화산인(九華山人), 지주(池州) 석태(石埭 : 安徽省 石台) 사람이다. 한미한 집안 출신으로 중년에 진사 시험에 합격했으나 벼슬을 받지 못하고 귀향했다. 나중에 주온(朱溫 : 朱全忠)의 후량(後粱)에서 한림학사(翰林學士)와 지제고(知制誥)를 지냈다. 그래서 『양서(粱書)』에 들어갔다. 저서로 『당풍집(唐風集)』이 있다.

【참고】

전천윤(錢天胤) : 만력(萬曆) 29년(1602) 신축과(辛丑科)에 합격했다.

蔡沖寰寫

前山

翁灵舒

只謂一蒼翠
不知猶數重
晚來雲暎處
更見兩三峰

吴门薛明益

앞산

前山

배이직(裴夷直)[1]

只謂一蒼翠　　단지 한 푸른 산이라 여겼는데
不知猶數重　　오히려 몇 겹인지 모르겠네
晩來雲映處　　저녁에 구름 비춘 곳에
更見兩三峰　　다시 두세 봉우리를 보네

【주석】

1) 배이직(裴夷直) : 자는 예경(禮卿), 오(吳 : 蘇州) 사람. 군망(郡望)은 하동(河東 : 山西 永濟)이다. 헌종(憲宗) 원화(元和) 10년((815)에 진사에 합격하고 우습유(右拾遺)에 임명되었다. 대화(大和) 8년(834)에 왕질(王質)이 선흡(宣歙) 관찰사로 나갈 때 종사관이 되었다. 문종(文宗) 때 조정으로 들어와서 좌사(左司)와 이부(吏部)의 원외랑(員外郎)을 지내고 중서사인(中書舍人)이 되었다. 무종(武宗) 때 항주자사(杭州刺史)로 나갔다가, 환주사호참군(驩州司戶參軍)으로 좌천되었다. 선종(宣宗) 때 강주(江州)와 화주(華州) 자사를 지내고, 다시 조정으로 와서 병부랑중(兵部郎中)이 되었다. 대중(大中) 10년(856)에 소주자사(蘇州刺史)가 되고, 이듬해 화주자사로 옮겼다. 산기상시(散騎常侍)로 관직을 마쳤다. 시는 절구에 뛰어났고, 『전당시(全唐詩)』에 시 57수가 전한다.

【참고】

○ 채원훈(蔡元勛) : 자는 충환(沖寰), 여좌(汝佐)이다. 명나라 휘파(徽派)의 명가(名家)이다.

○ 설명익(薛明益) : 1563-1640. 일명 익(益), 자는 우경(虞卿), 호는 고광생(古狂生), 광문선생(廣文先生)이다. 강소(江蘇) 소주(蘇州) 사람. 해서(楷書)를 잘 썼다. 형산(衡山, 文徵明) 이후의 제일인이다. 가정(嘉靖) 17년(1538)에 소해(小楷)로 〈무학부(舞鶴賦)〉를 썼다.

雨後思湖居 許渾

前山風雨涼
歇馬坐垂楊
何處芙蓉落
南渠秋水香

鹿林沈[illegible]雅新

비온 후 호수 거처를 생각하다

雨後思湖居[1]

허혼(許渾)[2]

前山風雨涼	앞산에 비바람 서늘하여
歇馬坐垂楊	말 멈추고 수양버들 아래 앉았네
何處芙蓉落	어디서 부용꽃 떨어지는가
南渠秋水香	남쪽 도랑 가을 물이 향기롭네

【주석】

1) 허혼(許渾) : 생졸년 미상. 자는 용회(用晦), 일작 중회(仲晦), 조적(祖籍)은 안주(安州) 안릉(安陸 : 湖北 安陸)이고, 윤주(潤州 : 江蘇 鎭江)에 우거했다. 문종(文宗) 대화(大和) 6년(832)에 진사에 합격하고, 개성(開成) 원년에 노균(盧鈞)의 요청으로 남해막부(南海幕府)를 맡았다. 그 후 당도령(當塗令)과 태평령(太平令)을 지내고 병으로 사직했다. 대중(大中) 연간에 감찰어사(監察御史)를 지내고, 윤주사마(潤州司馬), 우부원외랑(虞部員外郎), 목주(睦州)와 영주(郢州) 자사(刺史)를 지냈다. 만년에 윤주(潤州) 정묘교(丁卯橋) 촌사(村舍)에서 한가히 지냈다. 스스로 펴낸 『정묘집(丁卯集)』이 있다. 시는 근체시에 뛰어났는데 오언, 칠언 율시가 많다. 구법(句法)이 원숙공은(圓熟工穩)하고, 성조(聲調)의 평측(平仄)이 스스로 한 격(格)을 이루어서 이른바 '정묘체(丁卯體)'라고 한다. 시에 '수(水)'자를 사용한 것이 많아서 "허혼의 천 수는 축축하고, 두보의 일생은 근심이 많았다[許渾千首濕, 杜甫一生愁]"는 풍자가 있다.

2) 雨後思湖居(우후사호거) : 『정묘시집(丁卯詩集)』에는 제목이 〈雨中憶湖山居(우중억호산거)〉로 되어 있고, 『전당시』에는 〈雨後思湖上居(우후사호상거)〉로 되어 있다.

【참고】

심정신(沈鼎新) : 자는 자옥(自玉), 명나라 무림(武林 : 지금의 杭州) 사람. 초서를 잘 쓰고, 산수를 잘 그렸다. 명나라 만력 연간에 무림의 저명한 문인으로서 군인(郡人) 풍몽정(馮夢禎)과 황여형(黃汝亨) 등과 함께 시사(詩社) '담사(澹社)'를 결성했다.

蔡汝佐寫

送春 高駢

水淺魚爭躍花深鳥
競啼春光看欲盡
判却醉如泥

虎林十二童沈維垣

봄을 보내다

送春

고변(高駢)[1]

水淺魚爭躍	물 얕은 곳엔 물고기들 다퉈 뛰고
花深鳥競啼	꽃 우거진 곳엔 새들이 울기를 겨루네
春光看欲盡	봄빛이 다 지나려 하는 것을 보며
擠却醉如泥[2]	필사적으로 흠백 취하려 하네

【주석】

1) 고변(高駢) : 자는 천리(千里), 남평군왕(南平郡王) 고숭문(高崇文)의 손자이다. 집안은 대대로 금군(禁軍)이었다. 866년에 군사를 거느리고 교지(交趾)를 수복하면서 만병(蠻兵) 20여 만 명을 격파했다. 나중에 천평(天平), 서천(西川), 형남(荊南), 진해(鎭海), 회남(淮南) 등 오진 절도사(五鎭節度使)를 역임했다. 황소(黃巢)의 난을 만나서 고변은 여러 번 기의군(起義軍)을 창설하여, 희종(僖宗)이 제도행영병마도총(諸道行營兵馬都統)에 임명했다. 나중에 황소가 장안(長安)을 함락시킨 후 다시 장안을 수복할 때까지 고변은 전혀 공을 세우지 못했다. 나중에 부장(部將) 필사탁(畢師鐸)에게 살해당했다.

2) 擠(제) : 『전당시』에는 '판(判)'으로 되어 있다. 판각(判却)은 어떤 일을 필사적으로 하는 것이다. 醉如泥(취여니) : 만취하는 것이다. 니(泥)는 남해(南海)에서 나는 일종의 해양 벌레이다. 골두(骨頭)가 없어서 물 밖으로 나오면 취한 상태가 되기 때문에 니처럼 취한다고 한 것이다.

夜漁

張喬

釣艇去悠悠煙波春
復秋惟將一點火何
處宿蘆洲

完初道人沈文憲

밤의 어부

夜漁[1]

장교(張嵪)[2]

釣艇去悠悠　　낚싯배 아득히 떠나가고
煙波春復秋　　연파 속에 봄과 가을이 가네
惟將一點火　　오직 한 등불을 켜고
何處宿蘆洲　　어느 곳 갈대 섬에서 숙박하는가

【주석】

1) 夜漁(야어) : 『전당시』에는 제목이 〈어가(漁家)〉로 되어 있고, 시구는 "擁棹思(一作釣艇去)悠悠, 更深泛積流(一作煙波春復秋). 唯將一星火(一作點), 何處宿蘆洲."이라 했다.

2) 장교(張嵪) : 장교(張喬)의 잘못이다. 생졸년은 미상이고, 지금의 안휘(安徽) 귀지(貴池) 사람이다. 의종(懿宗) 함통(咸通) 연간에 진사에 합격했으나 황소(黃巢)의 난이 일어나서 구화산(九華山)에 은거했다.

江邨夜歸 項斯

月落江路黑
前邨人語稀
幾家深樹裏
點火夜漁歸

雨林 皇甫元

강마을에서 밤에 돌아가다

江郖夜歸

항사(項斯)[1]

月落江路黑　　달 지고 강 길이 어두운데
前郖人語稀　　앞마을에 사람소리 드무네
幾家深樹裏　　깊은 숲속에 몇 집이 있는가
點火夜漁歸　　등불 켜고 밤에 어부가 돌아가네

【주석】

1) 항사(項斯) : 자는 자천(子遷), 절강(浙江) 선거현(仙居縣) 사람이다. 회창(會昌) 4년(844)에 과거에 합격하고, 윤주(潤州) 단도위(丹徒尉)를 지냈다.

郊原晚望 左偃

歸鳥入平野
寒雲在遠村
徒令睇望久
不復見王孫

僧寤沈々庵斗

교외 들에서 저녁에 바라보다

郊原晚望[1)] 좌언(左偃)[2)]

歸鳥入平野 돌아가는 새는 평야로 들어가고
寒雲在遠村 찬 구름은 먼 마을에 있네
徒令睇望久 다만 오랫동안 바라보지만
不復見王孫 다시 왕손을 볼 수 없네

【주석】

1) 郊原晚望(교원만망) : 제목이 『전당시』에는 〈郊原晚望懷李秘書(교원만망회이비서)〉로 되어 있다.

2) 좌언(左偃) : 남당(南唐) 사람, 벼슬을 하지 않고, 금릉(金陵)에서 살았다. 시에 능했는데 『종산집(鍾山集)』 1권이 있었다. 지금 남아있는 것은 10수이다.

示家人 李白

三百六十日日日醉如泥
雖爲李白婦何異太
常妻

新安 兪見龍

가인에게 보이다

示家人[1]

이백(李白)[2]

三百六十日	삼백 육십일
日日醉如泥	매일매일 흠뻑 취하니
雖爲李白婦	비록 이백의 부인이지만
何異太常妻[3]	태상의 처와 어찌 다르리

【주석】

1) 示家人(시가인) : 제목이 『전당시』 및 『이태백집(李太白集)』에는 〈증내(贈內)〉로 되어 있다.

2) 이백(李白) : 701-762. 자는 태백(太白), 호는 청련거사(靑蓮居士), 조적(祖籍)은 농서(隴西) 성기(成紀 : 지금의 甘肅省 天水 부근). 나중에 면주(綿州) 창명(彰明 : 지금의 四川省 江油縣) 청련향(靑蓮鄕)으로 옮겼다. 이백이 태어날 때 그 어머니가 장경성(長庚星)을 꿈꾸었기 때문에 그로써 이름을 지었다고 한다. 젊어서는 종횡술(縱橫術)과 격검(擊劍)을 좋아하며 임협(任俠)이 되고자 했다. 촉(蜀)지역을 비롯하여 장강(長江)과 황하의 여러 지역을 유람하며 견문을 쌓고 여러 인사들과 교유했다. 천보(天寶) 초에 친구 오균(吳筠)을 따라 장안(長安)으로 왔다. 하지장(賀知章)이 그의 시를 읽고 감격하여 적선(謫仙)이라 부르며 현종(玄宗)에게 추천하여 한림공봉(翰林供奉)에 임명되었다. 그러나 정치적 뜻을 이루지 못하고 물러나와 여산(廬山)에서 은거했다. 안록산(安綠山)이 모반한 이듬해 영왕(永王) 이린(李璘)이 군사를 일으켜 이백을 막부요좌(幕府僚佐)로 삼았다. 뒤에 이린이 그의 형 숙종(肅宗) 이형(李亨)과 황위를 다투다가 패하여 피살되자, 이백 또한 부역죄로 하옥되었다. 야랑(夜郞)으로 유배 가다가 도중에 사면을 받고 돌아왔다. 만년에는 족숙(族叔)인 당도령(當塗令) 이양빙(李陽氷)에게 의지했는데, 오래지 않아 병사했다. 향년 62세였다.

3) 太常妻(태상처) : 후한(後漢)의 주택(周澤)이 태상(太常 : 궁중의 祭官)이 되었는데, 재궁(齋宮)에서 앓아누웠다. 그 처가 주택의 노병을 슬프게 여기고 병을 살피려고 방문했다. 주택이 크게 노하여 재금(齋禁)을 범했다고 하여 옥에다 가두게 했다. 당시 사람들이 말하기를 "세상에 살면서 함께 지내지 못하는 것은 태상처(太常妻)가 되는 것이네. 일 년이 삼백 육십 일인데, 하루만 재계하지 않고 술에 만취한다네"라고 했다고 한다.

倣李以正筆意

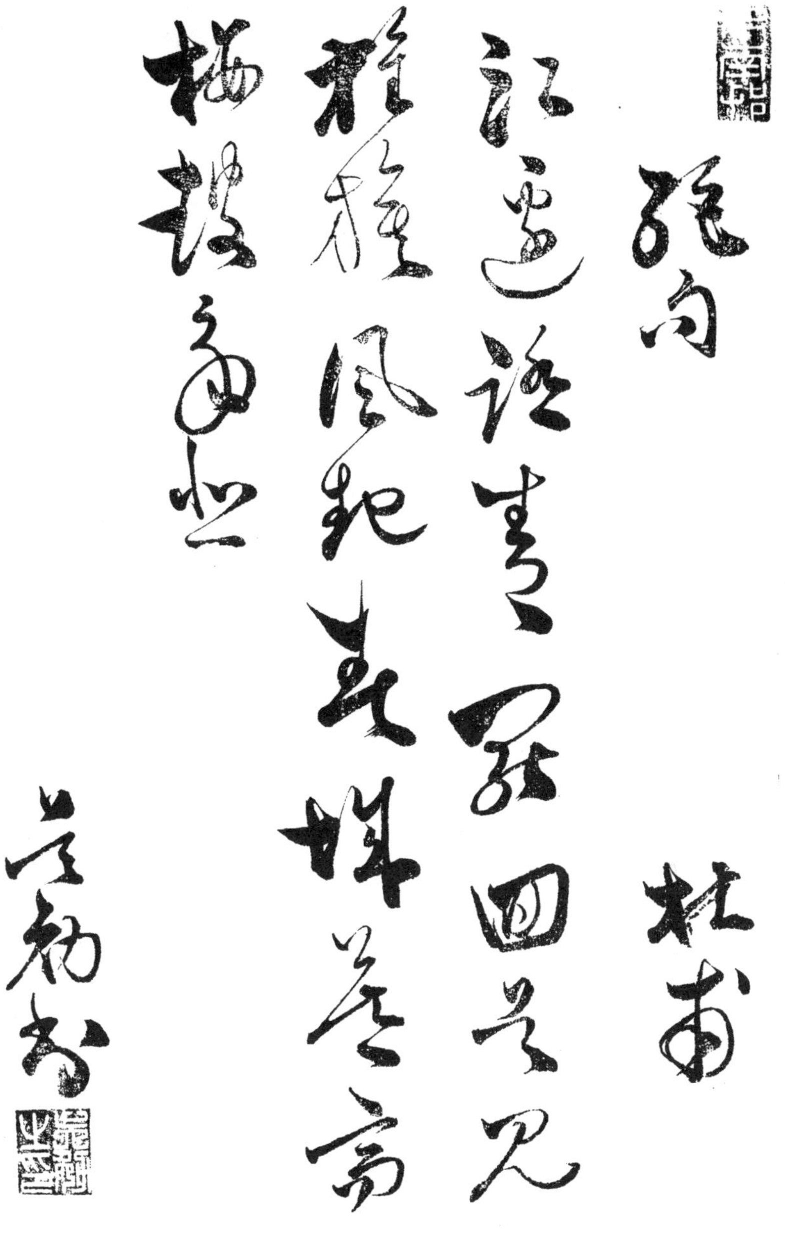
絶句
杜甫
江邊踏青罷
回首見旌旗
風起春城暮
高樓鼓角悲

절구

絕句

두보(杜甫)[1)]

江邊踏青罷[2)]　　강변에서 답청을 파하고
回首見旌旗　　머리 돌려 깃발을 보네
風起春城暮　　바람 부는 봄 성은 저물고
高樓鼓角悲[3)]　　높은 누대에서 고각소리 슬프네

【주석】

1) 두보 : 712-770. 자는 자미(子美), 원적(原籍)은 양양(襄陽 : 지금의 호북성 襄陽縣)이고, 증조부 때 하남(河南) 공현(鞏縣)으로 옮겼다. 진(晉)나라 두예(杜預)의 13대손이며 두심언(杜審言)의 손자이다. 두보는 유가(儒家)의 가정에서 성장하여, 천보(天寶) 초에 장안으로 와서 과거에 응시했으나 낙방했다. 이에 8, 9년 동안 남쪽으로는 오월(吳越) 지역과 북쪽으로는 제조(齊趙) 지역을 여행하며 이백(李白)과 고적(高適) 등과 사귀었다. 천보 11년(755), 그의 나이 40세에 〈삼대례부(三大禮賦)〉을 현종(玄宗)에게 바치고 하서위(河西尉)에 임명되었으나 부임하지 않았다. 나중에 우위솔부주조참군(右衛率府胄曹參軍)에 임명되었다. 얼마 후 안록산의 난이 일어나서 장안이 함락되자, 두보는 가족을 거느리고 부주(鄜州) 강촌(羌村)으로 피난을 갔다가 반란군의 포로가 되었다. 현종이 촉(蜀)으로 피난가고, 숙종(肅宗)이 영무(靈武)에서 즉위하자, 두보는 탈출하여 영무로 가서 배알하고 좌습유(左拾遺)에 임명되었다. 곧 방관(房琯)을 위해 상소를 했다가 화주사공참군(華州司空參軍)으로 좌천되었다. 건원(乾元) 2년(759)에 벼슬을 버리고 서쪽으로 가서, 진주(秦州)와 동곡(同谷)을 거쳐 촉(蜀)으로 들어가서 성도(成都)의 초당(草堂)에 안주했다. 엄무(嚴武)가 촉(蜀)의 진무사(鎭撫使)가 되자, 두보를 검교공부원외랑(檢校工部員外郎)으로 삼았다. 엄무가 죽은 후 가족을 거느리고 기주(夔州)로 옮겼다. 대력(大曆) 3년(768)에 기주를 떠나 여러 곳을 떠돌다가 침주(郴州)로 가는

도중 뇌양(耒陽)에서 빈곤과 병으로 배 안에서 객사했다. 향년 59세였다.

2) 踏青(답청) : 봄날에 푸른 풀을 밟으며 노니는 것이다. 주로 3월 3일 삼짇날에 하는 일종의 봄맞이 행사이다.

3) 鼓角(고각) : 군대에서 호령할 때 사용하는 북과 나팔.

老馬 姚合

臥多扶不起
惟向主人嘶
惆悵東郊道
秋來雨不泥

庸林 穆四維

늙은 말

老馬

요합(姚合)[1]

臥多扶不起[2]	누워 지내며 부축해도 일어나지 않고
惟向主人嘶	오직 주인을 향해 우네
惆悵東郊道	슬프구나 동교의 길은
秋來雨不泥[3]	가을 되니 비도 진창을 이루지 않네

【주석】

1) 요합(姚合) : 775–855?. 섬주(陝州) 협석(硤石) 사람. 재상(宰相) 숭(崇)의 증손(曾孫). 원화(元和) 11년(816)년에 진사에 합격하여, 무공현주부(武功縣主簿)에 임명되었다. 보력(寶曆) 중에 감찰어사(監察御史)와 호부원외랑(戶部員外郎)을 지내고, 나가서 형주(荊州)와 항주자사(杭州刺史)를 지냈다. 개성(開成) 말에 비서소감(秘書少監)으로 관직을 마쳤다.

2) 多(다) : 『전당시』와 『요소감시집(姚少監詩集)』에는 '래(來)'로 되어 있다.

3) 불(不) : 『전당시』와 『요소감시집(姚少監詩集)』에는 '작(作)'으로 되어 있다. 마땅히 작으로 고쳐서 "가을 되어 비가 진창을 이루었네"라고 해야 한다.

牧豎

崔道融

牧豎持蓑笠
逢人氣傲然
臥牛吹短笛
耕却傍溪田

錢塘許光禧書

목수

牧豎[1]

최도융(崔道融)[2]

牧豎持蓑笠	목수가 도롱이 삿갓을 들고
逢人氣傲然	사람 만나면 기세가 거만하네
臥牛吹短篴[3]	소 등에 누워 짧은 피리 불며
耕卻傍溪田	밭가는 개울가 밭 옆에 있네

【주석】

1) 목수(牧豎) : 목동(牧童).

2) 최도융(崔道融) : ?-907. 형주(荊州 : 호북성 江陵) 사람. 황소(黃巢)의 난 때 동부(東浮)로 피난하여, 온주(溫州) 선암산(仙巖山)에 은거했는데, 자호(自號)를 동구산인(東甌散人)이라 했다. 영가령(永嘉令)을 지내고, 민(閩)으로 들어가서 왕심지(王審知)에 의탁했다. 우보궐(右輔闕)에 임명되었으나 부임하지 못하고 병사했다.

최도융은 시에 뛰어났는데, 방간(方干)·사공도(司空圖) 등과 수창했고, 황도(黃滔)와 친했다.

3) 篴(적) : 『전당시』에는 '적(笛)'으로 되어 있다.

蔡冲寰寫

題西施石

王軒

嶺上千峯秀
江邉細草春
今逢浣沙石
不見浣沙人

雨林沈鼎新

서시석에 적다

題西施石[1]

왕헌(王軒)[2]

嶺上千峰秀	고개 위 천 봉우리가 수려하고
江邊細草春	강변엔 작은 풀이 돋은 봄이네
今逢浣紗石	지금 비단 빨던 돌을 만났는데
不見浣紗人	비단 빨던 사람은 볼 수 없네

【주석】

1) 西施石(서시석) : 서시가 비단을 빨았던 돌이다. 송(宋)나라 증조(曾慥)의 『유설(類說)』에 "왕헌(王軒)이 저라산(苧羅山)에 배를 정박하고, 서시석(西施石)에 적기를 '고개 위 천 봉우리가 수려하고……'라고 했다. 갑자기 한 여랑(女郎)이 옥 귀고리를 찰랑이며 나타나 석순(石筍)을 들고 쓰기를 '첩은 오궁에서 월나라로 돌아온 후, 흰 옷을 입은 지 천년토록 알아주는 사람이 없었네. 당시의 마음은 단단한 금석에 비할 수 있는데, 오늘은 그대 때문에 단단할 수 없네[妾自吳宮還越國, 素衣千載無人識. 當時心比金石堅, 今日爲君堅不得.]'라고 했다. 이미 원앙(鴛鴦)의 만남을 이루고, 곧 한별(恨別)의 글을 지었다. 나중에 곽응소(郭凝素)라는 자가 왕헌이 서시를 만났다는 소문을 듣고, 여러 번 완계(浣溪)에서 오래 시를 읊었으나 적막하게 만날 수 없었다. 주택(朱澤)이 조롱하기를 '삼춘의 복사꽃 오얏꽃은 본래 말이 없는데, 석양에 시끄러운 새소리를 괴롭게 듣네. 물어보자 동쪽 이웃에서 서시를 본받은 일과, 곽응소가 왕헌을 본뜬 것은 서로 어떠한가[三春桃李本無言, 苦被殘陽鳥雀喧. 借問東隣效西子, 何如郭素擬王軒.]'라고 했다"고 했다.

2) 왕헌(王軒) : 문종(文宗) 태화(太和) 연간(827-835)에 진사에 합격했다.

左掖梨花　丘爲

冷艷全欺雪
餘香乍入衣
春風且莫定
吹向玉階飛

仁和王龍光

좌액의 배꽃

左掖梨花[1]

구위(丘爲)[2]

冷艷全欺雪　　냉염한 꽃을 완전히 눈발로 속았는데
餘香乍入衣　　남은 향기가 곧 옷자락으로 끼쳐오네
春風且莫定　　봄바람이 또 멈추지 않고
吹向玉階飛　　옥계로 불어 날리네

【주석】

1) 左掖(좌액) : 당나라 때 문하성(門下省)의 대칭(代稱).

2) 구위(丘爲) : 702?-797?. 가흥(嘉興 : 절강성) 사람. 여러 번 과거에 응시했으나 떨어지고, 천보(天寶) 2년(743)에 비로소 진사에 합격했다. 태자우서자(太子右庶子)를 지내고, 산기상시(散騎常侍)로 벼슬을 마쳤다. 구위는 오언시에 뛰어났는데, 왕유(王維)와 유장경(劉長卿)과 친했다.

閒夜酒醒

皮日休

醒來山月高孤枕羣書
裏酒渴漫思茶山童呼
不起

虎林董三策

한가한 밤에 술이 깨다

閒夜酒醒

피일휴(皮日休)[1)]

醒來山月高　　술이 깨니 산달이 높은데
孤枕羣書裏　　외로운 베개가 여러 서적들 속에 있네
酒渴漫思茶　　술 마신 갈증에 마구 차가 생각나서
山童呼不起　　산동을 불렀으나 일어나지 않네

【주석】

1) 피일휴(皮日休) : 834?–883?. 자는 일소(逸少)·습미(襲美), 자호는 녹문자(鹿門子)·간기포의(閒氣布衣)·취음선생(醉吟先生), 양양(襄陽 : 호북성 襄樊) 사람. 함통(咸通) 8년(867)에 진사에 합격했다. 소주자사(蘇州刺史) 최박(崔璞)이 그를 불러서 군사판관(軍事判官)에 임명했다. 육구몽(陸九蒙)과 교유하며 수창했다. 나중에 조정으로 들어가서 저작랑(著作郎)이 되고 태상박사(太常博士)를 지냈다. 황소(黃巢)가 장안을 점령했을 때 피일휴를 한림학사(翰林學士)에 임명했는데, 황소가 패한 후 피살되었다.

偶題 司空圖

水榭花繁處春情日午
前鳥窺臨檻鏡馬過
隔牆邊

歸林 皇甫卿

우연히 적다

偶題

사공도(司空圖)[1)]

水榭花繁處	물가 정자 꽃이 만개한 곳
春情日午前[2)]	봄의 정취가 정오 전이네
鳥窺臨檻鏡	새가 엿보니 난간 거울에 비치고
馬過隔墻邊[3)]	말이 지나니 담 너머에 채찍이 있네

【주석】

1) 사공도(司空圖) : 837-908. 하중(河中) 우향(虞鄕 : 山西 運城 永濟) 사람. 자는 표성(表聖), 자호는 지비자(知非子), 내욕거사(耐辱居士). 조적(祖籍) 임회(臨淮 : 安徽, 泗縣東南). 의종(懿宗) 함통(咸通) 10년(869)에 진사에 합격했다. 천복(天復) 4년(904)에 주전충(朱全忠)이 불러서 예부상서(禮部尚書)에 임명했는데 사공도는 노쇠하다고 핑계하고 나가지 않았다. 후량(後梁) 개평(開平) 2년(908)에 당나라 애제(哀帝)가 시해 당하자, 사공도는 음식을 끊고 죽었다. 72세였다. 저서로 『이십사시품(二十四詩品)』이 있다.

2) 情(정) : 『전당시』에는 '청(晴)'으로 되어 있다.

3) 邊(변) : 『전당시』에는 '편(鞭)'으로 되어 있다. 번역은 '편'에 근거하여 했다.

送人遊湖南　杜牧

賈傅松醪酒秋來美

更香憐君片雲思一

棹去瀟湘

虎林李長春

호남으로 가는 사람을 전송하다

送人遊湖南[1)]

두목(杜牧)[2)]

賈傅松醪酒[3)]	가부의 송료주는
秋來美更香	가을에 맛있고 더욱 향기롭다네
憐君片雲思	그대의 조각구름 같은 사념을 동정하니
一棹去瀟湘[4)]	한 배로 소상으로 떠나가네

【주석】

1) 送人遊湖南(송인유호남) : 제목이 『전당시』에는 〈送薛種遊湖南(송설종유호남)〉으로 되어 있다.

2) 두목(杜牧) : 803-852. 자는 목지(牧之), 경조(京兆) 만년(萬年 : 섬서성 西安市) 사람. 두우(杜佑)의 손자. 태화(太和) 2년(828)에 진사에 합격하고, 다시 현량방정(賢良方正)에 올랐다. 감찰어사(監察御史)와 전중시어사(殿中侍御史)를 지내고 좌보궐(左補闕)로 옮기고, 선부원외랑(膳部員外郎)을 지냈다. 황주(黃州)·지주(池州)·목주(睦州) 등의 자사(刺史)를 역임한 후, 들어와서 사훈원외랑(司勳員外郎)이 되었다. 고공랑중지제고(考功郎中知制誥)에서 중서사인(中書舍人)으로 옮겨서 관직을 마쳤다.
두목의 시는 정치(情致)가 호매(豪邁)했는데, 사람들이 소두(小杜)라고 부르며 두보와 구별했다. 번천(樊川)이라고도 한다.
두목의 「헌시계(獻詩啓)」에서 "저는 고심하여 시를 짓는데, 다만 고절(高絶)만을 구하고, 기려(奇麗)함에는 힘쓰지 않고, 습속(習俗)을 따르지 않고, 지금도 아니고 옛날도 아니고, 중간에 처해 있습니다."라고 했다.

3) 賈傅(가부) : 가의(賈誼, 기원전200-기원전168), 한(漢)나라 낙양(洛陽 : 河南 洛陽) 사람. 서한(西漢) 초의 저명한 정치가 겸 문학가로서 세칭 가생(賈生)이라 한다. 문제(文帝) 때 태중대부(太中大夫)를 지냈으나, 대신(大臣) 주발(周勃)과 관영(灌嬰)이 참소하여 장사왕태부(長沙王太傅)로 좌천되었다. 그래서

후에 가장사(賈長沙), 가태부(賈太傅)라 불린다. 33세로 요절했다. 여기서 가부를 언급한 것은 가의가 호남 장사로 좌천되었기 때문에 호남으로 가는 친구를 가의에게 비유한 것이다. 松醪酒(송료주) : 송진이나 송화(松花)를 넣어서 빚은 술이다.

4) 瀟湘(소상) : 동정호(洞庭湖) 남쪽에 위치한 소수(瀟水)와 상수(湘水)를 가리킨다.

軍中登城樓　　駱賓王

城上風威冷　江中水氣寒

戎衣何日定　歌舞入長安

錄唐詩之筆

군중에서 성루에 오르다

軍中登城樓[1]

낙빈왕(駱賓王)[2]

城上風威冷	성 위 바람 위세는 서늘하고
江中水氣寒	강 속 물 기운은 차갑네
戎衣何日定[3]	융의는 언제 안정되어
歌舞入長安	가무가 장안으로 들어갈 건가

【주석】

1) 軍中登城樓(군중등성루) : 제목이 『전당시』에는 〈在軍登城樓(재군등성루)〉로 되어 있다.

2) 낙빈왕(駱賓王) : 640?–684?. 무주(婺州) 의오(義烏 : 지금의 浙江省 義烏縣) 사람. 7세에 글을 지었고, 오언시에 더욱 뛰어났음. 일찍이 지은 〈제경편(帝京篇)〉은 당시에 절창(絶唱)으로 여겨졌다. 처음 도왕(道王) 이원경(李元慶)의 속관(屬官)이었다가 무공(武功) 및 장안주부(長安主簿)를 지냄. 무후(武后) 때 시어사(侍御史)가 되어 여러 번 상소를 올려 일을 논하였다가 임해승(臨海丞)으로 좌천되어 앙앙(怏怏)히 뜻을 잃고 관직을 버리고 떠났다. 서경업(徐敬業)이 군사를 일으켜 무후를 공격할 때 낙빈왕을 부속(府屬)으로 삼았는데, 서경업을 위해 「격무조(檄武曌)」를 지어 무후의 죄상을 밝혔다. 무후가 그것을 읽어보고 두리번거리며 탄식하며 "재상(宰相)은 어찌 이런 사람을 잃었던가?"라고 했다. 서경업의 군사가 패한 후, 낙빈왕은 망명(亡命)하여 종적을 감추었다.

3) 戎衣(융의) : 갑옷. 전쟁을 의미한다.

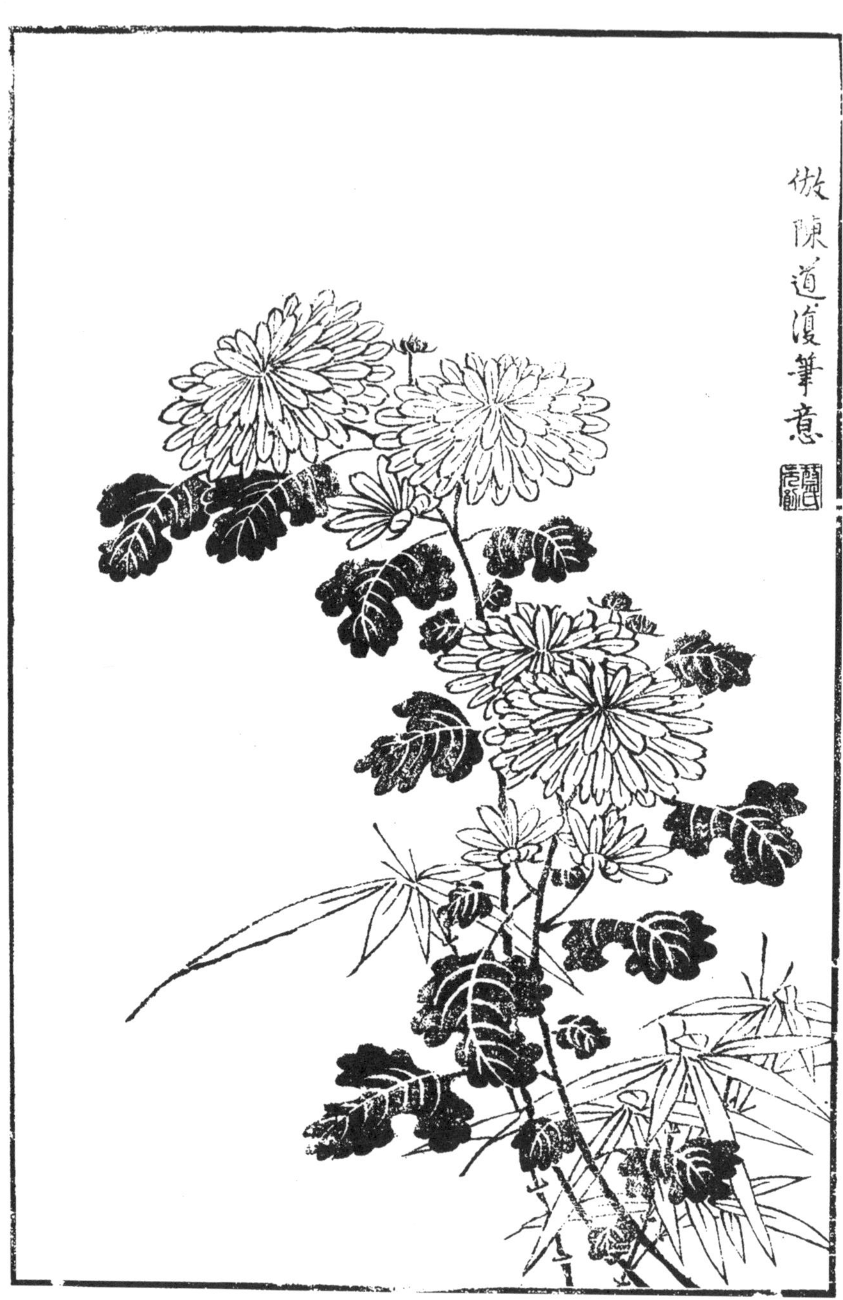
倣陳道復筆意

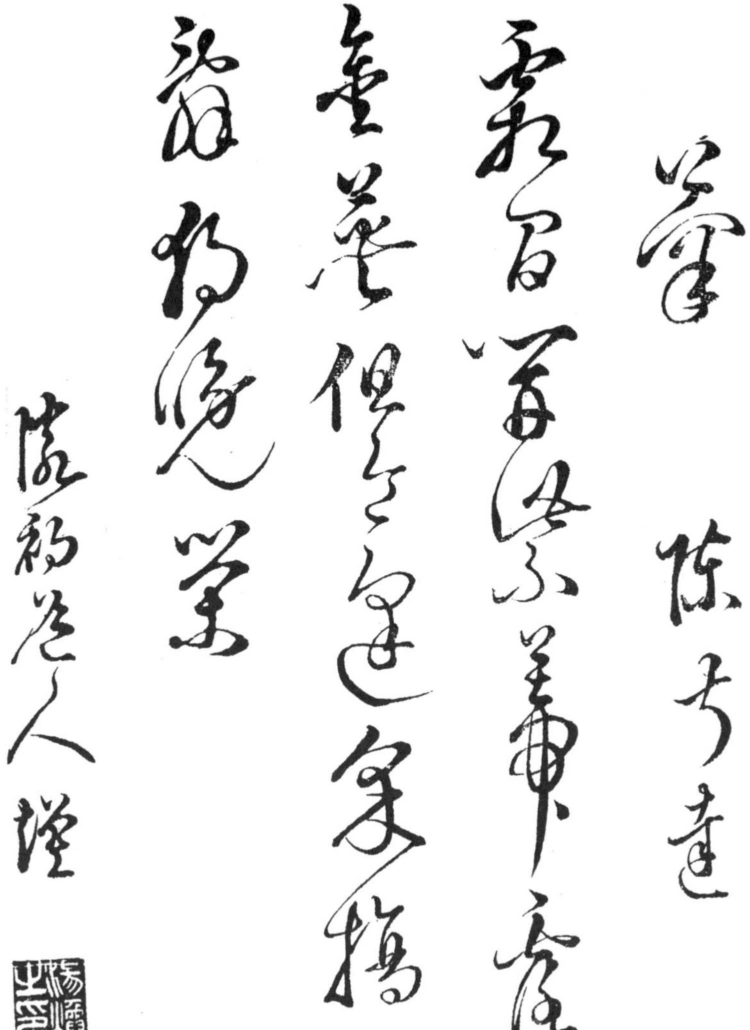

국화

菊[1] 진숙달(陳叔達)[2]

霜間開紫蒂	서리 사이에 자색 꽃받침 열리고
露下發金英	이슬 아래 황금빛 꽃이 피었네
但令逢采摘	다만 따 주기를 만나게 하니
寧辭獨晚榮	어찌 홀로 가을에 꽃핌을 사양하리

【주석】

1) 菊(국) : 『전당시』에는 제목이 '영국(詠菊)'으로 되어 있다.

2) 진숙달(陳叔達) : ?-635. 자는 자총(子聰), 진선제(陳宣帝)의 16째 아들이다. 오흥(吳興 : 浙江 長興) 사람이다. 진나라가 망한 후 수나라로 들어가서 내사사인(內史舍人)과 강군통수(絳郡通守)를 지냈다. 나중에 당나라에 투항하여 승상부주부(丞相府主簿)가 되고, 한동군공(漢東郡公)에 봉해졌다. 이후 황문시랑(黃門侍郎), 납언(納言), 시중(侍中), 예부상서(禮部尙書) 등을 지내고, 강국공(江國公)에 봉해졌다.

【참고】

○ 진도복(陳道復) : 명나라 화가. 초명은 순(淳), 자는 도복(道複), 나중에 자(字)로 행세했다. 또 자를 복보(復甫)로 고쳤다. 호는 백양산인(白陽山人)이다. 장주(長洲 : 江蘇省 吳縣) 사람, 제생(諸生)을 지냈다. 일찍이 문징명(文徵明)에게 서화를 배웠는데, 화훼(花卉)를 잘 그리고, 또한 산수도 잘 그렸다. 행서와 초서를 잘 썼다. 그림은 사의화훼(寫意花卉)에 뛰어났는데 담묵천색(淡墨淺色)으로 풍격이 소상(疏爽)했고, 후인들이 서위(徐渭)와 병칭하여 '청등(青藤)과 백양(白陽)'이라 불렀다. 『백양집(白陽集』이 있다.

○ 탕환(湯煥) : 명나라 서예가. 자는 요문(堯文), 호는 인초(鄰初), 인화(仁和 : 杭州) 사람. 융경(隆慶) 4년(1570)에 거인(擧人)이 되고, 강음교론(江陰敎論)을 지냈다. 나중에 한림대조(翰林待詔)가 되었다가 군승(郡丞)으로 옮겼다. 오월(吳越) 사이에서 문징명(文徵明)과 명성이 나란했다. 한묵에 뛰어났는데 해서(楷書)는 우세남(虞世南)을 배우고, 행서(行書)는 조맹부(趙孟頫)를 배우고, 초서(草書)는 회소(懷素)를 배웠는데 모두 능품(能品)으로 들어갔다. 또한 전각(篆刻)에도 뛰어났다.

葭川獨泛 盧照鄰

獨舞依盤石群飛
動輕浪奮迅碧沙前
長懷白雲上

禹林燕如鵬

가천에 홀로 배를 띄우다

葭川獨泛[1]

노조린(盧照隣)[2]

獨舞依盤石[3]　　반석에 의지해 홀로 춤추고
群飛動輕浪　　무리 지어 나니 가벼운 물결이 이네
奮迅碧沙前　　푸른 모래밭 앞에서 기운차게 날아올라
長懷白雲上　　흰 구름 위에서 오래 생각하네

【주석】

1) 葭川獨泛(가천독범) : 제목이 오류이다. 『전당시』에는 제목이 〈浴浪鳥(욕랑조)〉로 되어 있다. 욕랑조는 파도에 목욕하는 새이다. 노조린의 〈葭川獨泛〉 시는 "倚棹春江上, 橫舟石岸前. 山暝行人斷, 迢迢獨泛仙."이다.

2) 노조린(盧照隣) : 637-689?. 자는 승지(昇之), 유주(幽州) 범양(范陽 : 지금의 河北省 涿縣) 사람. 처음 등왕부전첨(鄧王府典簽)을 제수 받고, 나중에 신도위(新都尉)로 옮겼으나 풍질(風疾)에 걸려 관직을 떠나 태백산(太白山)에 은거했다. 단약을 복용하고 중독되어 병이 더욱 악화되자, 양적현(陽翟縣) 자산(茨山) 아래로 옮겨 살았다. 평생 뜻을 얻지 못했는데, 〈오비문(五悲文)〉을 지어 심회를 나타냈다. 병이 오래되자 끝내 고통을 참지 못하고 영수(潁水)에 투신 자살하였다.

노조린은 왕발(王勃)·양형(楊炯)·낙빈왕(駱賓王) 등과 함께 문장으로서 뛰어났던 초당사걸(初唐四傑) 중의 한 사람으로서 육조(六朝)이래의 부염(浮艷)한 시풍을 일정정도 변혁시켰다고 평가된다. 『전당시』에 시집 2권이 있다.

3) 盤石(반석) : 큰 바위. 『전당시』에는 '반석(磐石)'으로 되어 있다.

倣陳喜筆意

詠葉　孔德紹

早秋驚葉落
飄零似客心
翻飛未肯下
猶言惜故林

關西許光祚

낙엽을 읊다

詠葉[1)] 　　　　공덕소(孔德紹)[2)]

早秋驚葉落	이른 가을에 잎 떨어지는 것에 놀라니
飄零似客心	날려 떨어지는 것이 나그네 마음과 같네
翻飛未肯下	뒤집혀 날며 떨어지려 하지 않으니
猶言惜故林	옛 숲을 애석해 한다고 말하는 듯하네

【주석】

1) 詠葉(영엽) : 『전당시』에는 제목이 〈낙엽(落葉)〉으로 되어 있다.

2) 공덕소(孔德紹) : 『전당시』에는 작가가 공소안(孔紹安)으로 되어 있고, "일작 공덕소의 시라고 한다[一作孔德紹詩]"고 했다. 공덕소는 회계(會稽) 사람으로, 관직은 경성현승(景城縣丞)을 지냈다. 두건덕(竇建德)이 왕을 칭하고, 중서령(中書令)에 임명하고, 서격(書檄)을 전담하게 했다. 두건덕이 패배하자 죽임을 당했다. 공소안은 월주(越州) 산음(山陰) 사람으로, 진(陳)나라 상서(尙書) 환(奐)의 아들이다. 그 외형(外兄)은 우세남(虞世南)이다. 수나라 말에 감찰어사(監察御史)를 지내고 당나라에 귀순하여 내사사인(內史舍人)을 지냈다.

【참고】

ㅇ 진희(陳喜) : 명나라 화가. 태감(太監)을 지냈다. 자는 중락(仲樂), 달단(韃靼) 사람으로, 인물과 조수(鳥獸)를 잘 그렸다. 하필(下筆)에 흔적이 없어 한 시대의 묘수였다. 『도회보감속찬(圖繪寶鑑續纂)』에 보인다.

ㅇ 허광조(許光祚) : 명나라 서예가. 섬서(陝西) 사람. 1619년 전후에 살았다. 자는 영장(靈長), 탕환(湯煥)과 같은 군(郡) 출신으로 그 서법을 얻었는데, 당시 사람들이 '탕허(湯許)'라고 불렀다. 지태평현(知太平縣)을 지냈다.

倣李思訓筆意

夜還東溪 王績

石苔應可踐叢枝幸
易攀青溪歸路直乘
月夜歌還

虛林明經書

밤에 동계로 돌아오다

夜還東溪

왕적(王績)[1)]

石苔應可踐　　바위 이끼는 밟을 수 있고
叢枝幸易攀　　우거진 가지는 다행히 쉽게 잡을 수 있네
青溪歸路直　　푸른 개울 귀로가 곧바른데
乘月夜歌還　　달빛 타고 밤에 노래하며 돌아오네

【주석】

1) 왕적(王績) : 590-644. 자는 무공(武功), 호는 동고자(東皐子), 강주(絳州) 용문(龍門 : 산서성 河津) 사람. 형 왕통(王通)은 수나라 말의 명유(名儒)로서 호는 문중자(文中子)이다. 왕적은 수나라 대업(大業) 말에 효제염결거(孝悌廉潔擧)에 합격하여 비서정자(秘書正字)가 되었으나, 조정에 있는 것이 뜻에 맞지 않아서, 나가서 양주육합현승(揚州六合顯丞)이 되었다. 성품이 간오(簡傲)하고 지나치게 술을 좋아함으로 인하여 탄핵을 받고 관직을 떠났다. 고조(高祖) 무덕(武德) 중에 대조문하성(待詔門下省)으로 불렀다. 정관(貞觀) 중에 족질(足疾)로 인하여 물러나서 은거했다.

【참고】

○ 이사훈(李思訓) : 651-716, 혹은 648-713, 당나라 화가. 자는 건현(建覞), 건경(建景). 농서(隴西) 성기(成紀 : 甘肅 秦安) 사람. 당고조(唐高祖) 이연(李淵)의 당제(堂弟) 당평왕(長平王) 이숙량(李叔良)의 손자, 이효빈(李孝斌)의 아들이다. 전공(戰功)으로 당시에 유명했고, 무위대장군(武衛大將軍)을 지내서 세칭 '대이장군(大李將軍)'이라 불렸다. 명나라 동기창(董其昌)이 그를 '북종(北宗)'의 조(祖)로 추대했다. 이사훈은 청록산수(青綠山水)를 잘 그렸는데, 전자건(展子虔)의 영향을 받았다. 필력은 주경(遒勁)하고, 제재(題材) 상에 있어서는 유

거(幽居)의 장소를 많이 표현했다. 화풍은 정려엄정(精麗嚴整)했는데 금벽청록(金碧青綠)의 농담(濃淡)으로 산수를 그렸다. 『선화서보(宣和書譜)』에 〈산계사호(山居四皓)〉, 〈춘산도(春山圖)〉, 〈해천낙조도(海天落照圖)〉, 〈강산어락(江山漁樂)〉, 〈군산무림(群山茂林)〉 등 17폭이 실려 있다.

명나라 진계유(陳繼儒)는 "산수화는 당나라에서 처음 변했다. 대개 양종(兩宗)이 있는데 이사훈(李思訓)과 왕유(王維)가 그들이다. 이사훈이 전한 것은 송왕선(宋王詵), 곽희(郭熙), 장택단(張擇端), 조백구(趙伯駒), 백숙(伯驌) 등이 되었고 이당(李唐), 유송년(劉松年), 마원(馬遠), 하규(夏圭) 등까지 모두 이파(李派)이다. 왕유가 전한 것은 형오(荊浩), 관동(關仝), 이성(李成), 이공린(李公麟), 범관(范寬), 동원(董源), 거연(巨然) 등이 되었고, 연숙(燕肅), 조령양(趙令穰) 원사대가(元四大家)는 모두 왕파(王派)이다."고 했다(『청하서화방(淸河書畫舫)』).

倣李唐筆意

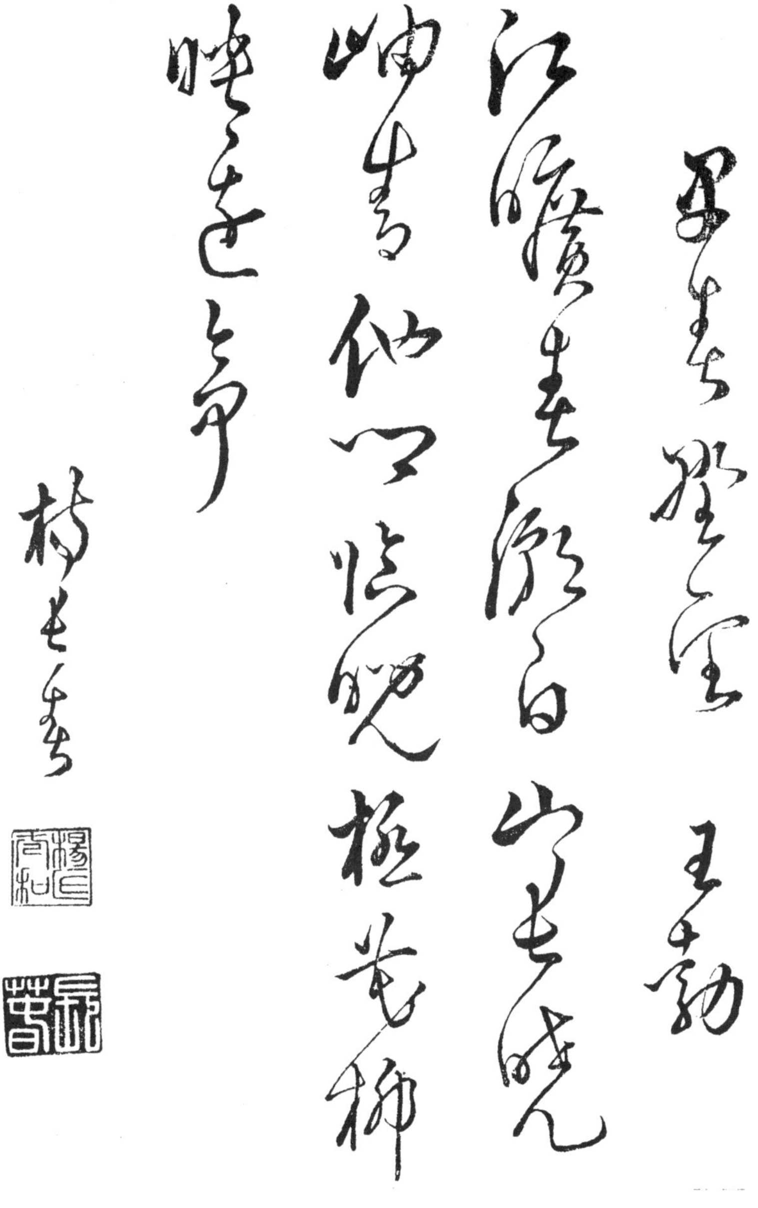
早春野望 王勃
江曠春潮白 山長曉岫青
他鄉臨眺極 花柳映邊亭

이른 봄에 들에서 바라보다

早春野望

왕발(王勃)[1)]

江曠春潮白　　강은 넓고 봄 조수는 하얀데
山長曉岫青　　산은 길고 새벽 산봉우리는 푸르네
他鄕臨睨極　　타향에서 아득히 조망하니
花柳映邊亭　　꽃과 버들이 변방 정자를 비추네

【주석】

1) 왕발(王勃) : 649-676. 자는 자안(子安), 강주(絳州) 용문(龍門 : 지금의 山西省 河津縣) 사람. 14세에 유소과(幽素科)에 합격하여 조산랑(朝散郎)이 되었다. 패왕(沛王) 이현(李賢)이 그 명성을 듣고 불러다 수찬(修撰)으로 삼았다. 당시 여러 왕들이 투계(鬪鷄)를 좋아했는데, 왕발은 패왕을 위해 희롱삼아 「격영왕계문(檄英王鷄文)」을 지었다가 고종(高宗)의 분노를 사서 관직에서 쫓겨났다. 나중에 다시 괵주참군(虢州參軍)이 되었는데, 얼마 후 관노를 죽인 죄를 범하여 사형에 처해질 뻔했으나 사면을 받고 파직되었다. 이 사건으로 인하여 그의 부친 왕복치(王福畤)는 옹주사호참군(雍州司戶參軍)에서 교지령(交趾令)으로 좌천되었다. 왕발은 교지로 부친을 뵈러가는 도중 남해(南海)를 건너다 물에 빠졌는데, 이 일로 병이 들어 죽었다. 이때의 나이가 겨우 28세였다.

【참고】

○ 이당(李唐) : 1066-1150, 남송(南宋) 화가. 자는 희고(晞古), 하양(河陽) 삼성(三城 : 河南 孟縣) 사람. 처음에는 그림을 팔아서 살았는데, 송휘종(宋徽宗) 조길(趙佶) 때 화원(畫院)으로 들어갔다. 남도(南渡) 후 성충랑(成忠郎)으로서 화원대조(畫院待詔)가 되었다. 산수와 인물에 뛰어났는데 형호(荊浩)와 범관(范寬)의 법을 변화시켜서, 창경고박(蒼勁古樸)하고, 기세가 웅장하였고, 남송(南

宋)의 수묵창경(水墨蒼勁)과 혼후일파(渾厚一派)의 선구를 열었다. 만년에는 번화함을 버리고 간략함을 취하여 용필(用筆)이 초경(峭勁)하였다. '대부벽(大斧劈)' 준(皴)을 창안했다. 인물에도 뛰어났는데 처음에는 이공린(李公麟)을 배웠으나 나중에 자신의 풍격을 이루었다. 또한 소를 잘 그렸다. 유공년(劉松年), 마원(馬遠), 하규(夏圭)와 함께 남송사대가(南宋四大家)로 불렸다. 현존하는 작품으로 〈만학송풍도(萬壑松風圖)〉, 〈청계어은도(淸溪漁隱圖)〉, 〈연사송풍(煙寺松風)〉, 〈채미도(采薇圖)〉 등이 있다.

倣朱克正筆意

風

李嶠

解落三秋葉能開二月

花過江千尺浪入竹萬

竿斜

台仲

바람

風

이교(李嶠)[1]

解落三秋葉[2]	삼추의 잎을 떨구고
能開二月花	능히 이월의 꽃을 피우네
過江千尺浪	강을 지나면 천 길 물결 일어나고
入竹萬竿斜	대숲에 들어가면 만 대나무가 기우네

【주석】

1) 이교(李嶠) : 이교(李嶠, 644-713). 자는 거산(巨山), 월주(越州) 찬황(贊黃 : 하북성) 사람. 약관에 진사에 합격하고, 제책갑과(制策甲科)에 합격했다. 성력(聖曆) 초에 난대소감(鸞臺少監)·지봉각시랑(知鳳閣侍郎)·동평장사(同平章事)를 지냈다. 신룡(神龍) 2년에 중서령(中書令)이 되고, 이듬해 수문관대학사(修文館大學士)가 되고, 월국공(越國公)에 봉해졌다. 동중서문하삼품(同中書門下三品)으로 특진했다. 예종(睿宗)이 즉위하자, 지정사(知政事)를 그만두고, 회주자사(懷州刺史)에 임명되었으나 벼슬에서 물러났다. 현종(玄宗) 때 저주별가(滁州別駕)로 떨어뜨리고, 여주별가(廬州別駕)로 바꾸었다.
이교는 재사(才思)가 풍부하여, 소미도(蘇味道)와 함께 '소리(蘇李)'로 불렸다. 또 최융(崔融)·두심언(杜審言)·소미도와 함께 '문장사우(文章四友)'로 불렸다.

2) 三秋(삼추) : 가을 3개월.

倣董源筆意

江樓

韋承慶

獨酌芳春酒登樓已半醺誰
驚一行鴈衝斷過江雲

虎林張徵甫

강가 누대

江樓

위승경(韋承慶)[1]

獨酌芳春酒	홀로 향기로운 봄 술 마시고
登樓已半曛	누대에 오르니 이미 석양이 반쯤이네
誰驚一行雁	누가 한 행렬의 기러기 떼가
衝斷過江雲	강 구름 끊으면서 지나는 것에 놀라는가

【주석】

1) 위승경(韋承慶) : 639-705. 자는 연휴(延休), 하내군(河內郡) 양무현(陽武縣 : 河南 原陽) 사람. 부친은 재상 위사겸(韋思謙)이다. 진사에 합격하여 봉각사인(鳳閣舍人)이 되었다. 나중에 여러 관직을 거쳐서 비서원외소감(秘書員外少監)과 황문시랑(黃門侍郞)이 되었다. 이 작품은 혹은 두목(杜牧)의 작품이라고도 한다.

【참고】

○ 동원(董源) : 943-약962. 오대 남당화가(五代南唐畫家). 남파산수화(南派山水畫)의 개산비조(開山鼻祖)라고 불린다. 이름은 일작 동원(董元), 자는 숙달(叔達), 강서(江西) 종릉(鍾陵 : 江西 進賢縣) 사람. 동원은 이성(李成)과 범관(范寬)과 함께 북송삼대가(北宋三大家)라고 불린다. 남당(南唐) 이경(李璟) 때 북원부사(北苑副使)를 지내서 '동북원(董北苑)'이라 부른다. 산수를 잘 그렸는데 인물(人物), 금수(禽獸)도 또한 잘 그렸다. 그의 산수는 처음에 형호(荊浩)를 배워서 필력이 침웅(沉雄)했는데, 나중에 강남(江南)의 진산실경(眞山實景)을 그림에 들여와서 기초(奇峭)한 필(筆)를 이루지 않았다. 소림원수(疏林遠樹)와 평원유심(平遠幽深)의 준법(皴法)의 형상이 마피(麻皮)와 같아서 후인들이 '피마준(披麻皴)'이라 불렀다. 미불(米芾)이 그 그림을 평하기를 "평담천진(平

淡天眞)하다. 당나라에는 이런 작품이 없다"고 했다. 현존하는 그림으로 〈하경산구대도도(夏景山口待渡圖)〉, 〈소상도(瀟湘圖)〉, 〈하산도(夏山圖)〉, 〈계안도(溪岸圖)〉 등이 있다.

倣天馳筆意

偶遊主人園　賀知章

主人不相識偶坐爲林
泉莫謾愁沽酒囊中
自有錢

佛林楊爾曾

우연히 주인의 원림을 유람하다

偶遊主人園[1]

하지장(賀知章)[2]

主人不相識　　주인을 알지 못하나
偶坐爲林泉　　우연히 앉은 것은 임천 때문이라오
莫謾愁沽酒　　술 사올 일이 걱정이라고 하지 마오
囊中自有錢　　내 행낭에 돈이 있다오

【주석】

1) 偶遊主人園(우유주인원) : 『전당시』에 제목이 〈題袁氏別業(제원씨별업)〉로 되어 있고, 원주에 〈一作偶遊主人園(일작우유주인원)〉이라 했다.

2) 하지장(賀知章) : 659-744. 자는 계진(季眞), 회계(會稽) 영흥(永興 : 지금의 浙江 紹興縣) 사람. 측천무후(則天武后) 증성(證聖) 원년(695)에 진사(進士)에 합격했다. 현종(玄宗) 개원(開元) 13년(725)에 예부시랑(禮部侍郎) 겸 집현원학사(集賢院學士)가 되었다. 이후 태자빈객(太子賓客) 및 비서감(秘書監)을 지냈다. 하지장은 본성이 광달(曠達)하여 작은 예절에 얽매이지 않았는데, 만년에는 더욱 탄방(誕放)하여 자호를 '사명광객(四明狂客)'이라 했다. 이백(李白) · 장욱(張旭) 등과 친했다. 천보(天寶) 3년(744)에 상소하여 도사(道士)가 되기를 간청하여 귀향했다. 천자가 경호(鏡湖)의 섬천(剡川) 한 구비를 하사하고, 어제시(御製詩)로써 전송했다.

하지장의 시는 많지 않고, 무미건조한 '봉화성제(奉和聖制)'시가 적지 않는데, 몇몇 서정시는 청신(淸新)하고 자연스럽다.

『구당서 · 하지장전』에서 "(하지장은) 취한 후에 글을 지었는데, 곧 권축(卷軸)을 이루었다. 글은 다시 고치지 않아도 모두 볼만했다"고 했다.

【참고】

○ 장로(張路) : 1464-1538. 명나라 화가. 자는 천치(天馳), 호는 평산(平山), 대량(大梁 : 河南省 開封) 사람. 젊어서 벼슬할 생각이 없었으나, 추천되어 성균관(成均館)에 들어갔는데 그가 바라는 바가 아니었다. 그림에 정교했는데 인물은 오위(吳偉)와 같았고, 산수는 대진(戴進)과 같았다. 당시 사대부들이 모두 존중하여 예우했다. 주단(朱端), 장숭(蔣嵩), 왕조(汪肇) 등과 함께 '절파(浙派)'의 명가였다.

○ 양이증(楊爾曾) : 명나라 출판가 및 소설가. 1612년 전후에 생존하였음. 자는 성노(聖魯), 호는 치형산인(雉衡山人), 이백주인(夷白主人), 전당(錢塘) 사람. 명나라 신종(神宗) 만력(萬曆) 40년 전후에 『동서진연의(東西晉演義)』와 『한상자전전(韓湘子全傳)』 등을 출간했다.

三月閨怨 袁暉

三月時將盡
空房妾獨居
蛾眉愁自結
鬢髮沒情梳

雨林 鄭一[illegible] 書

삼월 규방의 원망

三月閨怨[1]

원휘(袁暉)[2]

三月時將盡[3]	삼월이 다 지나려는데
空房妾獨居[4]	빈 방에 첩이 홀로 거처하네
蛾眉愁自結[5]	고운 눈썹엔 근심이 절로 맺히고
蟬鬢沒情梳[6]	선빈엔 다정한 빗질이 없네

【주석】

1) 三月閨怨(삼월규원) : 『전당시』 89권에는 작가가 장설(張說)로 되어 있고, 제목은 〈春閨怨(춘규원)〉으로 되어 있다.

2) 원휘(袁暉) : 생졸년 미상. 『전당시』 181권에는 작자가 원휘로 되어 있고, 원주에 '후사구결(後四句缺)'이라 했다. 『전당시』 89권에는 작가가 장설(張說, 667-730)로 되어 있다. 원휘는 위지고(魏知古)의 추천으로 좌보궐(左補闕)이 되었고, 개원(開元) 중에 마회소(馬懷素)의 요청으로 군적(群籍)을 교정했다. 형주사호참군(邢州司戶參軍)을 지냈다. 장설은 자가 도제(道濟), 또 다른 자는 설지(說之), 낙양(洛陽) 사람. 무후(武后) 때 현량방직(賢良方正)으로 추천되어 좌보궐(左補闕)에 임명되었다. 봉각사인(鳳閣舍人)을 지내다가 흠주(欽州)로 쫓겨났다가, 중종(中宗) 때 소환되어 수문관학사(修文館學士) 등을 지냈다. 예종(睿宗) 때 중서시랑(中書侍郎)과 지정사(知政事)를 지냈다. 개원(開元) 초에 중서령(中書令)으로 승진하고 연국공(燕國公)에 봉해졌다. 나중에 집현전학사(集賢院學士) 및 상서좌승상(尙書左丞相)을 지냈다.

3) 時(시) : 『전당시』 181권에는 '춘(春)'으로 되어 있다.

4) 妾(첩) : 여성이 자칭하는 겸칭이다.

5) 蛾眉(아미) : 누에의 눈썹. 미인의 눈썹을 말한다.

6) 蟬鬢(선빈) : 『전당시』 및 다른 책에는 모두 빈발(鬢髮)로 되어 있다. 선빈은 매미 날개처럼 얇고, 매미 몸처럼 검은 머리형태의 일종이다.

倣李成筆意

竹里館 王維

獨坐幽篁裏彈琴復長
嘯深林人不知明月來相
照

兪汝忠 盡臣

죽리관

竹里館[1]

왕유(王維)[2]

獨坐幽篁裏　　홀로 깊은 대숲에 앉아
彈琴復長嘯　　금을 타다가 다시 길게 노래하네
深林人不知　　깊은 숲속이라 남들은 모르는데
明月來相照　　밝은 달이 와서 비춰주네

【주석】

1) 죽리관(竹里館) : 〈망천집(輞川集)〉 20수 중의 1수이다.

2) 왕유(王維) : 701－761. 자는 마힐(摩詰), 원적은 태원(太原) 기(祁 : 지금의 산서성 祁縣) 사람. 나중에 하동(河東)으로 적을 옮겼다. 개원(開元) 9년(721)에 진사에 급제하여 태악승(太樂丞)에 임명되었다. 오래지 않아서 사건에 연루되어 제주사창참군(濟州司倉參軍)으로 좌천되었다. 재상 장구령(張九齡)의 추천으로 우습유(右拾遺)가 되고, 천보(天寶) 말에 급사중(給事中)에 이르렀다. 안록산(安祿山)의 난 때 왕유는 적의 포로가 되었는데, 안록산에 의해 강제로 급사중에 임명되었다. 난이 평정된 후 왕유는 부역죄(附逆罪)로 논죄되었으나, 특별히 사면을 받고 태자중윤(太子中允)으로 강등되었다. 나중에 상서우승(尙書右丞)에 이르렀다. 만년에는 불교에 심취하였고, 향년이 61세였다.

『하악영령집(河嶽英靈集)』에서 "왕유의 시는 사(詞)가 수려하고 조(調)는 우아하고, 의(意)는 참신하고 이치는 적합하다. 샘물에서는 구슬을 이루고 벽에서는 그림을 이루는데, 한 글자 한 구절이 모두 상경(常境)에서 벗어났다"고 했다. 송나라 진사도(陳師道)의 『후산시화(後山詩話)』에서는 "우승(右丞 : 왕유)과 소주(蘇州 : 韋應物)는 모두 도연명에게서 배웠는데, 왕유는 그 자재(自在)를 얻었다"고 했다. 송나라 소식(蘇軾)은 『동파지림(東坡志林)』에서 "마힐(摩詰 : 왕유)의 시를 음미해보면 시 속에 그림이 있고, 마힐의 그림을 살펴보면 그림 속에 시가 있다"고 했다.

왕유는 맹호연과 함께 성당(盛唐)의 산수전원시파를 대표하는 시인인데, 후세에 많은 영향을 끼쳤다. 특히 청나라 왕사정(王士禎)은 그가 주창한 신운시(神韻詩)의 모범으로 왕유와 맹호연의 시를 추대한 바 있다.

【참고】

○ 이성(李成) : 919-967. 오대(五代), 송초(宋初)의 화가. 자는 함희(咸熙), 선세는 당나라 종실로서 장안(長安 : 陝西 西安)에 살았는데 나중에 청주(靑州) 익도(益都 : 山東)로 옮겼다. 사람들이 이영구(李營丘)라고 불렀다. 시(詩), 금(琴), 혁(弈)에 능했는데 더욱 산수를 잘 그렸다. 처음에는 형호(荊浩)와 관동(關仝)을 배웠는데 나중에는 진경(眞景)을 그려서 자성일가(自成一家)하였다. 평원한림(平遠寒林)을 많이 그렸는데 화법은 간련(簡練)하고, 필세(筆勢)는 봉리(鋒利)하였고, 담묵(淡墨)을 즐겨 사용했다. 산석(山石) 그림은 권동(卷動)하는 구름과 같아서 후인들이 '권운준(卷雲皴)'이라 불렀다. 그는 관동(關仝)과 범관(范寬)과 함께 오대(五代)와 북송(北宋) 사이의 북방산수화(北方山水畫)의 삼개(三個) 주요유파(主要流派)를 이루었다.

江濱梅

王適

忽見寒梅樹
開花漢水濱
不知春色早
疑是弄珠人

沂泉居士

강가의 매화

江濱梅

왕적(王適)[1)]

忽見寒梅樹　　문득 한매 나무를 보니
開花漢水濱　　한수 물가에 꽃이 피었네
不知春色早　　봄 색이 빠른 것을 몰랐는데
疑是弄珠人[2)]　　구슬 놀리던 사람인가 싶네

【주석】

1) 왕적(王適) : 유주(幽州) 사람. 측천(則天) 때 옹주사공참군(雍州司功參軍)을 지냈다.

2) 弄珠人(롱주인) : 주(周)나라 정교보(鄭交甫)가 남쪽으로 초(楚)나라에 가다가 한고대(漢皐臺) 아래서 두 여인을 만나 그녀들과 놀다가 사랑의 표시로 그녀에게 "그대의 패물(佩物)을 갖고 싶다." 하자, 두 여인이 정교보에게 허리에 찬 패옥을 풀어서 주므로, 교보는 그 패물을 받아 품속에 간직하고서 10여 보(步)쯤 가다 보니 패물도 없어지고 두 여인도 사라졌다는 이야기가 있다. 『문선(文選)』 권4 장형(張衡)의 〈남도부(南都賦)〉 주(註)에 나온다.

倣馬麟筆意

華子岡

裴迪

落日松風起
還家草露晞
雲光侵履跡
山翠拂人衣

吳僧如一

화자강

華子岡[1]

배적(裴迪)[2]

落日松風起	해 지고 솔바람 일어나서
還家草露晞	집에 돌아오니 풀 이슬이 말랐네
雲光侵履跡	구름 빛은 발자국에 맺히고
山翠拂人衣	산의 푸름은 옷자락을 물들이네

【주석】

1) 화자강(華子岡) : 왕유(王維)와 함께 수창한 〈망천집(輞川集)〉 20수 중의 1수이다.

2) 배적(裴迪) : 생졸년 미상. 관중(關中) 사람. 처음에는 왕유(王維)와 최흥종(崔興宗)과 종남산(終南山)에서 거주하며 함께 창화(倡和)했다. 천보(天寶) 후에는 촉주자사(蜀州刺史)가 되어, 두보(杜甫)와 이기(李頎)와 절친했다. 상서성랑(尙書省郎)을 지냈다.

【참고】

○ 마린(馬麟) : 남송 화가. 1195-1264에 활동했다. 원적(原籍)은 하중(河中 : 山西 永濟), 남도(南渡) 후 삼대(三代)가 전당(錢塘 : 浙江 杭州)에 거주했다. 마세영(馬世榮)의 손자이고, 마원(馬遠)의 아들이다. 마원은 광종(光宗)과 영종(寧宗)의 두 조정(1190-1224)에서 서원대조(畫院待詔)를 지냈다. 마린은 가학을 배워서 인물, 산수, 화조(花鳥)를 잘 그렸는데 용필(用筆)이 원경(圓勁)하였고, 헌앙쇄락(軒昂灑落)했다. 화풍이 수윤(秀潤)한 곳은 부친보다 나았다. 영종(寧宗) 가태(嘉泰, 1201-1204) 연간에 서원지후(畫院祗候)를 지냈다. 〈층첩빙초도(層疊冰綃圖)〉, 〈귤록도(橘綠圖)〉, 〈정청송풍도(靜聽松風圖)〉, 〈방우춘제도(芳雨春霽圖)〉, 〈모설한금도(暮雪寒禽圖)〉, 〈유향소영도(幽香疏影圖)〉, 〈하우왕상(夏禹王像)〉, 〈석양추색도(夕陽秋色圖)〉 등이 전한다.

倣高克恭筆意

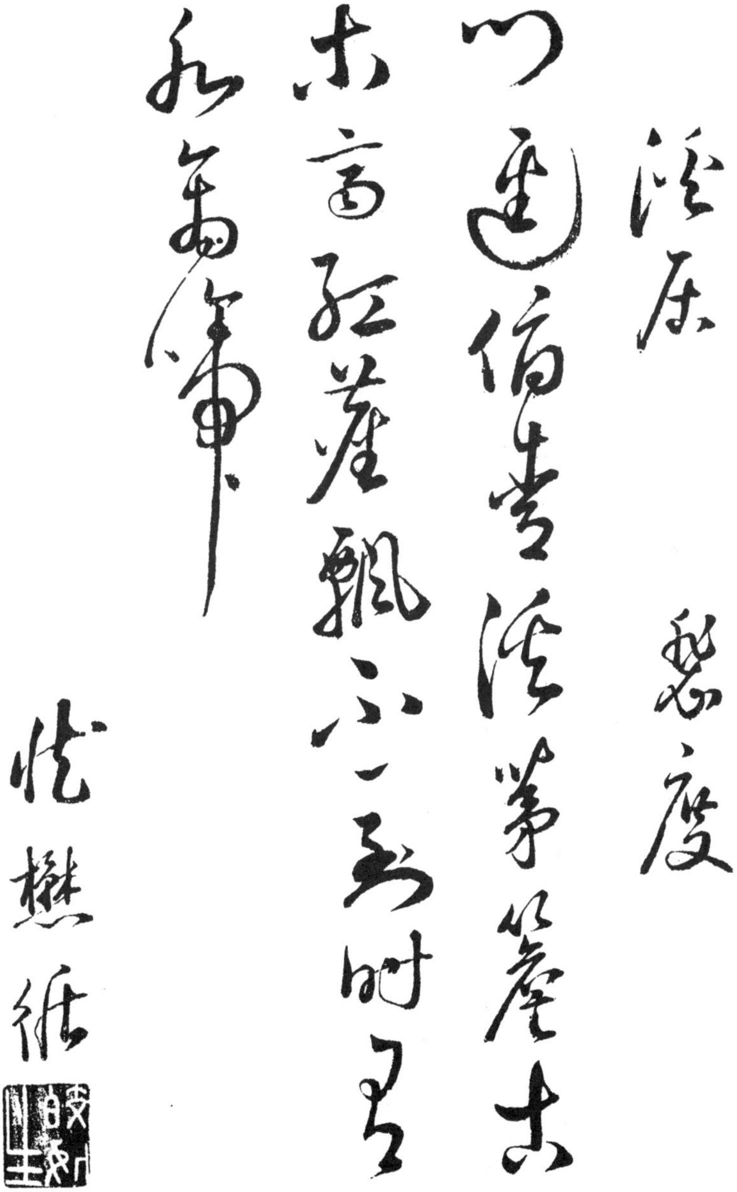

개울가 거처

溪居

배도(裴度)[1]

門徑俯清溪　　문 앞길은 맑은 개울 굽어보고
茅簷古木齊　　띠집 처마는 고목과 나란하네
紅塵飄不到　　붉은 먼지는 날려 오지 못하고
時有水禽啼。　때때로 물새가 우네

【주석】

1) 배도(裴度) : 765-839. 자는 중립(中立), 하동(河東) 문희(聞喜 : 山西 聞喜) 사람. 정원(貞元) 진사에 합격하여 감찰어사(監察御史)에서 어사중승(御史中丞)으로 승진했다. 나중에 재상이 되었다.

【참고】

○ 고극공(高克恭) : 1248-1310. 원나라 화가. 자는 언경(彥敬), 호는 방산(房山), 대동(大同 : 山西) 사람. 연경(燕京 : 北京)에서 살았다. 조적(祖籍)은 서역(西域 : 新疆)이다. 대중(大中) 때 형부상서(刑部尙書)를 지냈다. 산수화는 처음 이미(二米 : 米芾과 米友仁 부자)를 배웠고, 나중에 동원(董源)과 이성(李成)의 필법을 배웠는데 오로지 사의기운(寫意氣韻)을 취했다. 또한 묵죽에 뛰어나서 문호주(文湖州 : 文同)와 나란히 내달리며 조예가 절륜했다.

○ 장무순(臧懋循) : 1550-1620. 자는 진숙(晉叔), 호는 고저(顧渚), 절강(浙江) 장흥현(長興縣) 사람. 명나라 만력(萬曆) 8년(1580)에 진사에 합격하고, 관직은 남경국자감박사(南京國子監博士)를 지냈다. 시문에 능했고, 왕사정(王士貞)과 친했다. 저서로 『부포당고(負抱堂稿)』, 『원곡선(元曲選)』 등이 있다.

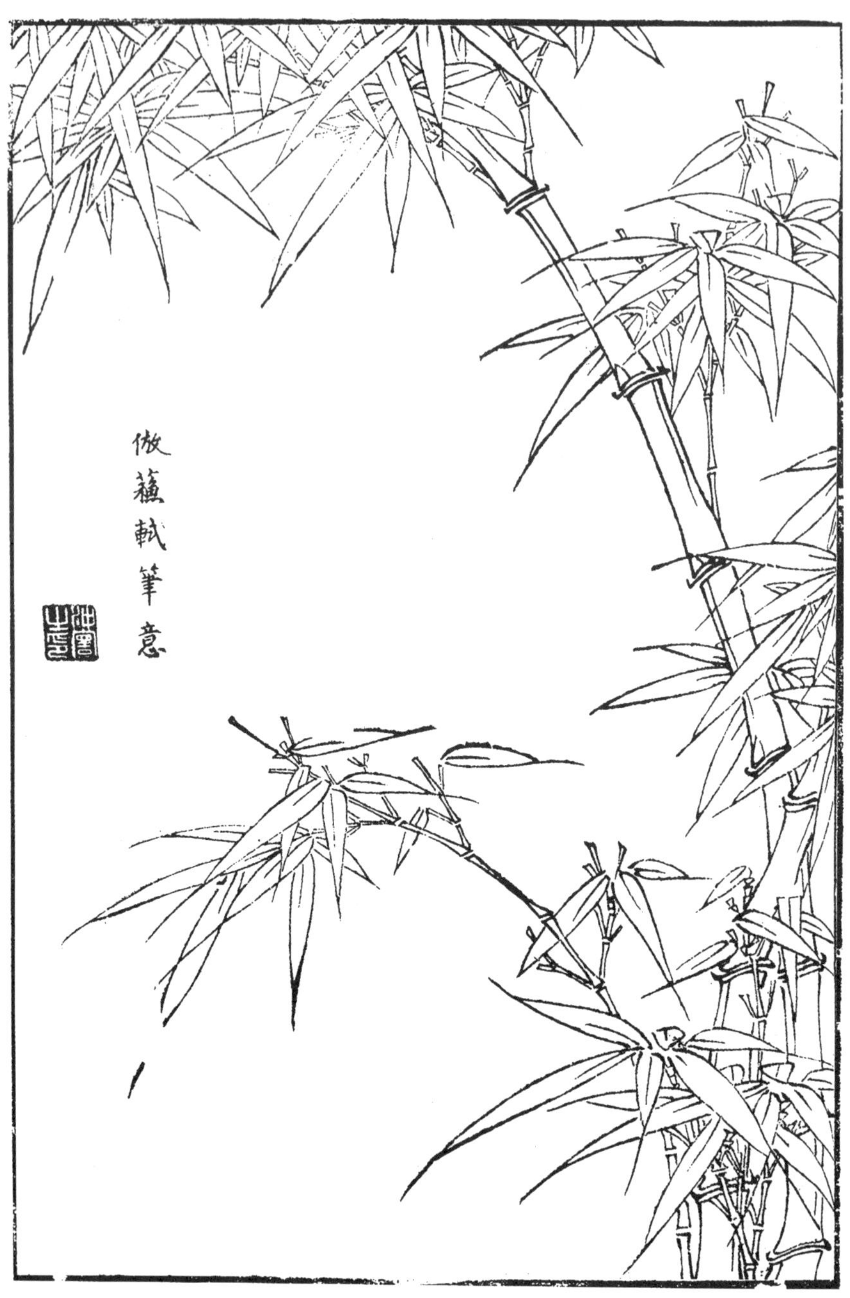
倣蘇軾筆意

庭竹

劉禹錫

露滌鉛粉節
風搖青玉枝
依依似君子
無地不相宜

年[illegible]十二〻童沈維垣

마당의 대나무

庭竹

유우석(劉禹錫)[1)]

露滌鉛華節[2)]	이슬은 분칠한 마디를 씻어내고
風搖靑玉枝	바람은 청옥의 가지를 흔드네
依依似夫子[3)]	잊지 못할 부자와 같으니
無地不相宜	마땅하지 않은 곳이 없네

【주석】

1) 유우석(劉禹錫) : 772-842. 자는 몽득(夢得), 팽성(彭城) 사람. 정원(貞元) 9년(793)에 진사에 합격하고, 박학굉사과(博學宏詞科)에 올랐다. 감찰어사(監察御史)를 지내고, 왕숙문(王叔文)이 정권을 잡은 후 둔전원외랑(屯田員外郎), 판탁지염철안(判度支鹽鐵案)을 지냈다. 왕숙문이 패하자 그에 연좌되어 연주자사(連州刺史)로 쫓겨났는데, 도중에 낭주사마(朗州司馬)로 좌천되었다. 나중에 연주자사를 거쳐서 기주(夔州)와 화주(和州)자사를 지냈다. 다시 조정으로 들어와 주객랑중(主客郎中)이 되었고, 예부낭중(禮部郎中), 집현직학사(集賢直學士)를 지냈다. 소주(蘇州)·여주(汝州)·동주(同州)자사를 거쳐 태자빈객(太子賓客)이 되었다. 회창(會昌) 때 검교예부상서(檢校禮部尙書)로 관직을 마쳤다.

유우석은 백거이(白居易)와 친했는데, 백거이는 항상 그를 시호(詩豪)라고 불렀다고 한다.

2) 鉛華(연화) : 『전당시』에는 '연분(鉛粉)'으로 되어 있다.

3) 夫子(부자) : 『전당시』에는 '군자(君子)'로 되어 있다.

友人夜訪

白居易

簷間淸風簟
松下明月杯
意正如比
況乃故人來

江夏黃涵寫

벗이 밤에 방문하다

友人夜訪

백거이(白居易)[1)]

簷間淸風簟	처마 사이 맑은 바람 부는 대자리에서
松下明月杯	소나무 아래 밝은 달빛 속에 잔을 드네
幽意正如此	그윽한 뜻이 진정 이와 같은데
況乃故人來	하물며 벗이 찾아왔음에랴

【주석】

1) 백거이(白居易) : 772-846. 자는 낙천(樂天), 하봉(下封 : 섬서성 渭南縣) 사람. 정원(貞元) 16년(800)에 진사가 되어, 원진(元稹)과 함께 비서성교서랑(秘書省校書郎)에 임명되었다. 그 후 한림학사(翰林學士)와 좌습유(左拾遺)를 지냈다. 원화(元和) 5년(810)에 상소하여 원진을 구원하려 한 일로 인하여 경조부조참군(京兆府曹參軍)으로 좌천되었다. 원화 10년(815)년 강도에게 피살 된 재상 무원형(武元衡)에 대한 상소를 올렸다가 강주(江州 : 강서성 九江市)사마(司馬)로 좌천되었다. 나중에 지제고(知制誥)·중서사인(中書舍人)·형부시랑(刑部侍郎) 등을 거쳐 태자소부(太子少傅)에 임명되었다. 회창(會昌) 2년(842)에 형부상서(刑部尙書)로서 관직을 마쳤다. 만년에 낙양(洛陽) 향산사(香山寺)에 우거(寓居)했는데 자호(自號)를 향산거사(香山居士)라고 했다.

倣林良筆意

春曉

孟浩然

春眠不覺曉處ゝ聞啼
鳥夜來風雨聲花落
知多少

偉林張一選

봄날 새벽

春曉

맹호연(孟浩然)[1)]

春眠不覺曉	봄잠에 날 새는 줄 몰랐는데
處處聞啼鳥	곳곳에서 새소리 들려오네
夜來風雨聲	밤중에 비바람 소리 났는데
花落知多少[2)]	꽃 진 것이 얼마일지 모르겠네

【주석】

1) 맹호연(孟浩然) : 689-740. 본명은 호(浩). 호연(浩然)은 자이다. 호는 맹산인(孟山人), 양주(襄州) 양양(襄陽 : 지금의 湖北省 襄陽縣) 사람이다. 젊은 시절에 녹문산(鹿門山)에 은거하였고, 40세가 되어 서울로 왔다. 일찍이 태학(太學)에서 시를 읊으니 좌중이 감탄하고 승복하였다. 장구령(張九齡)과 왕유(王維) 등과 친했는데, 왕유가 현종(玄宗)에게 그를 추천하였으나 뜻을 이루지 못했다. 장구령이 형주자사(荊州刺史)가 되어 그를 종사관(從事官)으로 임명했다. 종사관을 그만둔 후 개원(開元) 말에 등창이 나서 죽었다.

2) 知多少(지다소) : 부지다소(不知多少).

【참고】

○ 임량(林良) : 1428-1494. 명나라 화가. 자는 이선(以善), 남해(南海 : 廣州) 사람. 화과(花果), 영모(翎毛)를 잘 그렸는데, 착색이 간담(簡淡)하고, 정교(精巧)함을 갖추었다. 수묵(水墨)의 금조(禽鳥)와 수석(樹石)은 남송의 원체화파(院體畫派)의 방종간괄(放縱簡括)한 필법을 계승했다. 주경비동(遒勁飛動)함에 초서(草書)와 유사함이 있고, 묵색(墨色)이 영활(靈活)하여 명대(明代) 원체화조화(院體花鳥畫)의 대표작가가 되었다. 또한 명대의 수묵사의화파(水墨寫意畫派)의 개창자이다. 〈관목집금도(灌木集禽圖)〉, 〈산다백우도(山茶白羽圖)〉, 〈쌍응도(雙鷹圖)〉 등이 전한다.

北樓　韓愈

郡樓乘曉上
盡日不能回
晚色將秋至
風送月來

陳元素

북루

北樓

한유(韓愈)[1)]

郡樓乘曉上	군루에 새벽에 올라
盡日不能回	종일 돌아오지 않네
晩色將秋至	저녁 색은 가을기운 끌고 이르고
長風送月來	긴 바람은 달을 보내 오네

【주석】

1) 한유(韓愈) : 768-824. 자는 퇴지(退之), 등주(鄧州) 남양(南陽 : 하남성 孟縣) 사람. 그 선조가 창려(昌黎 : 하북성 徐水縣 서쪽)에서 살았기 때문에 창려 사람이라고 자칭했음. 덕종(德宗) 정원(貞元) 8년(792)에 진사에 합격하고, 정원 말에 감찰어사(監察御史)를 지냈다. 관중(關中)의 가뭄으로 인하여 상소하여 부세의 감면을 주장했다가, 권귀(權貴)에게 죄를 얻어 양산령(陽山令)으로 좌천되었다. 헌종(憲宗) 때 형부시랑(刑部侍郎)이 되었는데, 황제가 불골(佛骨)을 맞이함은 잘못이라고 간하였다가 헌종의 분노를 사서 조주자사(潮州刺史)로 좌천되었다. 목종(穆宗) 때 장안으로 소환되어 이부시랑(吏部侍郎)을 지냈다.

한유는 유종원(柳宗元)과 함께 고문운동(古文運動)을 제창하여 문풍의 쇄신을 선도하였는데, 문장가로서 '한유(韓柳)'라고 불리었고, 후에 당송팔대가(唐宋八大家)의 한 사람으로 추대되었다.

시에 있어서도 독창성을 주창하며 기굴험괴(奇崛險怪)한 풍격을 추구했는데, 맹교와 함께 '한맹(韓孟)'으로 불리었다. 그의 시는 산문시(散文詩)라는 새로운 영역을 개척했다는 평을 받는다.

【참고】

ㅇ 진원소(陳元素) : 명나라 서화가. 자는 고백(古白), 효평(孝平), 금강(金剛), 호는 소옹(素翁), 처곽선생(處廓先生), 사시(私諡)는 정문선생(貞文先生)이다. 소주부(蘇州府) 장주(長洲 : 江蘇 蘇州) 사람, 만력(萬曆) 제생(諸生)이었다. 시문에 뛰어났고, 더욱 서법에 뛰어났는데 해서는 구양순(歐陽詢)을 배웠고, 초서는 이왕(二王)의 실(室)로 들어갔다. 산수화도 잘 그렸고, 더욱 난(蘭)을 잘 그렸는데 문징명(文徵明)의 수미(秀媚)를 얻었다.

倣李咸熙筆

答靳博士　張九齡

上苑春先入中園花
盡開唯餘幽徑草尚
待日光催

錢唐盛可繼

근박사에게 답하다

答靳博士[1]

장구령(張九齡)[2]

上苑春先入[3]	상원에 봄이 먼저 들어오니
中園花盡開	중원에 꽃이 모두 피었네
唯餘幽徑草	오직 깊은 오솔길의 풀만 남았는데
尙待日光催	여전히 햇볕의 재촉을 기다리네

【주석】

1) 答靳博士(답근박사) : 제목이 『전당시』에는 〈答太常靳博士見贈一絶〉로 되어 있다.

2) 장구령(張九齡) : 673-740. 자는 자수(子壽), 소주(韶州) 곡강(曲江 : 지금의 廣東省 曲江縣) 사람. 경룡(景龍) 초에 진사에 합격하고, 개원(開元) 22년(737)에 중서령(中書令)이 되었다. 이림보(李林甫)에게 배척받았는데, 상서우승상(尙書右丞相)으로 옮겼다가 형주장사(荊州長史)로 좌천되었다. 명확한 논변과 직언으로 당시에 현상(賢相)이라고 불렸다.

3) 上苑(상원) : 궁궐의 원림(園林).

【참고】

○ 이함희(李咸熙) : 이성(李成, 919-967). 함희는 이성의 자이다. 송나라 초의 화가. 왕숭(王崇)과 동시대에 활약했다. 인물과 산수를 잘 그렸다.

倣李昭道筆意

逢雪宿芙蓉山 劉長卿

日暮蒼山遠天寒白屋貧
柴門聞犬吠風雪夜歸人

庚子 林葉大年書

눈을 만나 부용산에서 숙박하다

逢雪宿芙蓉山[1)]

유장경(劉長卿)[2)]

日暮蒼山遠	해 저문 푸른 산이 먼데
天寒白屋貧[3)]	날 추운데 초가의 가난한 집이네
柴門聞犬吠	사립문에서 개 짖는 소리 들리는데
風雪夜歸人	풍설 속에 밤에 돌아가는 사람이리라

【주석】

1) 逢雪宿芙蓉山(봉설숙부용산) : 제목이 『전당시』에는 〈逢雪宿芙蓉山主人(봉설숙부용산주인)〉으로 되어 있다.

2) 유장경(劉長卿) : 709-780?. 자는 문방(文房), 하간(河間 : 지금의 하북성 河間縣) 사람. 개원(開元) 21년(733)에 진사가 되었다. 숙종(肅宗) 지덕(至德) 연간에 감찰어사(監察御使)를 지냈다. 검교사부원외랑(檢校祠部員外郎)으로서 전운사판관(轉運使判官)되어 회남(淮南)과 악악(鄂岳)의 전운유후(轉運留後)를 맡았다. 악악관찰사(鄂岳觀察使) 오중유(吳仲孺)의 무고를 당하여 반주(潘州) 남파위(南巴尉)로 좌천되었다. 때마침 그를 변호해 준 사람이 있어서 목주사마(睦州司馬)에 임명되었고, 수주자사(隨州刺史)로 관직을 마쳤다.
유장경은 상원(上元)·보응(寶應) 연간에 시명을 날렸다. 후인들은 그를 성당 시인 혹은 대력십재자(大曆十才子)로 대했다. 특히 오언율시에 뛰어났는데, 권덕여(權德輿)는 그를 '오언장성(五言長城)'이라 불렀다. 전기(錢起)와 함께 '전류(錢劉)'라고 병칭되었다.

3) 白屋(백옥) : 초가(草家).

【참고】

○ 이소도(李昭道) : 당나라 화가. 생졸년 미상. 자는 희준(希俊), 당나라 종실(宗室) 팽국공(彭國公) 이사훈(李思訓)의 아들, 장평왕(長平王) 이숙량(李叔良)의 증손, 감숙(甘肅) 천수(天水) 사람이다. 관직은 태자중사인(太子中舍人)을 지냈다. 청록산수(靑綠山水)에 뛰어났는데 세칭 '소이장군(小李將軍)'이라 부른다. 조수(鳥獸), 누대(樓臺), 인물도 잘 그렸고, 아울러 해경(海景)을 창안했다. 화풍(畫風)은 교섬정치(巧贍精致)했는데 필력은 부친 이사훈에게 미치지 못한다는 평을 받았다. 작품으로 〈진왕독렵도(秦王獨獵圖)〉, 〈해안도(海岸圖)〉, 〈적과도(摘瓜圖)〉 등 6건이 『선화서보(宣和畫譜)』에 실려 있고, 〈춘산행려도(春山行旅圖)〉와, 〈명황행촉도(明皇幸蜀圖)〉 등이 전한다.

倣顧愷之筆意

天津橋南山中 李益

野坐分苔石
山行遶菊叢
雲衣惹不破
秋色望來空

俞汝忠 書臣

천진교 남산 안에서

天津橋南山中[1]

이익(李益)

野坐分苔席[2] 들에 앉아 이끼 자리를 나누고
山行達菊叢[3] 산행은 국화 떨기에 이르렀네
雲衣惹不破[4] 구름 옷은 이끌어도 찢어지지 않고
秋色望來空[5] 가을 색은 조망 속에 비었네

【주석】

1) 天津橋南山中(천진교남산중) : 제목이 『전당시』에는 〈天津橋南山中各題一句, 李益, 韋執中, 諸葛覺, 賈島(천진교남산중각제일구, 이익, 위집중, 제갈각, 가도)〉로 되어 있다. 이익, 위집중, 제갈각, 가도가 각자 한 구씩 읊은 것이다.

2) 野坐分苔席(야좌분태석) : 이익(李益)이 지은 구이다. 이익(약750-약830)은 자는 군우(君虞), 농서(隴西) 고장(姑臧 : 甘肅 武威) 사람이다. 대력(大曆) 4년(769)에 진사가 되고, 정현위(鄭縣尉)를 지냈다. 변새시(邊塞詩)로 유명하고, 절구를 잘 지었는데 특히 칠언절구에 뛰어났다.

3) 山行達菊叢(산행달국총) : 위집중(韋執中)이 지은 구이다. 위집중은 경조(京兆) 사람으로, 하남현령(河南縣令)과 천주자사(泉州刺史)를 지냈다. 시구 중에 달(達)은 『전당시』에는 '요(繞)'로 되어 있다.

4) 雲衣惹不破(운의야불파) : 제갈각(諸葛覺)이 지은 구이다. 제갈각은 한유(韓愈)의 친구이다.

5) 秋色望來空(추색망래공) : 가도(賈島)가 지은 구이다. 가도(779-843)는 자가 낭선(浪仙), 혹은 낭선(閬仙), 범양(范陽 : 하북성 涿縣) 사람이다. 처음에는 출가하여 부도(浮屠)가 되어 이름을 무본(無本)이라 했다. 동도(東都)에 왔을 때 낙양령(洛陽令)이 승려를 금하여 오후에는 나오지 못하도록 하니, 가도는 시를 지어 스스로를 슬퍼했다. 한유(韓愈)가 그를 환속시켜 과거에 응하게 했는데 여러 번 응시했으나 합격하지 못했다. 문종(文宗) 때 시를 지어 비방했다

는 죄로 장강주부(長江主簿)로 쫓겨났다. 회창(會昌) 초에 진주사창참군(普州司倉參軍)을 지내고 사호(司戶)로 옮겼으나 미처 임명을 받지 못한 채 죽었다.

【참고】

○ 고개지(顧愷之) : 348-409. 진(晉)나라 화가. 자는 장강(長康), 소자(小字)는 호두(虎頭). 진릉(晉陵) 무석(無錫 : 江蘇 焦溪) 사람. 박학다식하고, 시부(詩賦)와 서예와 그림에 뛰어났다. 인상(人像), 불상(佛像), 금수(禽獸), 산수(山水) 등에 정통했다. 당시 사람들이 삼절(三絶 : 畫絶, 文絶, 癡絶)이라 불렀다. 당시 권력자인 사안(謝安)이 몹시 중시했다. 고개지는 조불흥(曹不興), 육탐미(陸探微), 장승요(張僧繇)와 함께 '육조사대가(六朝四大家)'라고 불린다. 고개지의 그림은 뜻이 전신(傳神)에 있었다.

倣杜少陵筆意

江行　錢起

秋寒鷹隼健逐雀下雲空知
是江湖闊無心擊塞鴻

杜大綬

강행

江行[1]

전기(錢起)[2]

秋寒鷹隼健　　가을 차가우니 매가 건장하여
逐雀下雲空　　참새를 추적하여 구름 낀 허공에서 내려오네
知是江湖濶　　강호가 넓음을 알겠으니
無心擊塞鴻　　무심하게 변새 기러기를 치네

【주석】

1) 江行(강행) : 원래 제목은 〈江行無題一百首(강행무제일백수)〉인데 그 중의 한 수이다.

2) 전기(錢起) : 722-780?. 자는 중문(仲文), 오흥(吳興 : 절강성 오흥현) 사람. 천보(天寶) 10년(751)에 진사에 급제하고, 교서랑(校書郞)이 되었다. 촉(蜀)으로 사신을 갔다 와서 고공낭중(考功郎中)이 되었다. 대력(大曆) 중에 한림학사(翰林學士) 등을 지냈다.
전기의 시는 시격(詩格)이 신기(新奇)하고, 이치(理致)가 청섬(淸贍)했는데, 낭사원(郎士元)과 제명했다. 대력십재자(大曆十才子) 중의 한 사람으로 불린다.

山下泉

皇甫曾

漾漾帶山光澄澄倣林影
那知石上喧却憶山中
靜

郭況

산 아래 샘물

山下泉

황보증(皇甫曾)[1]

漾漾帶山光	출렁출렁 산 빛을 띠고
澄澄倒林影	맑고 맑아 숲 그림자 비추네
那知石上喧	어찌 바위 위 소란함을 알겠는가
却憶山中静	도리어 산중의 고요함을 생각하네

【주석】

1) 황보증(皇甫曾) : ?–785. 자는 효상(孝常), 윤주(潤州) 단양(丹陽 : 江蘇) 사람. 천보(天寶) 12년에 진사가 되어, 대종(代宗) 대력(大曆) 초에 감찰어사(監察御史), 전중시어사(殿中侍御史)를 지냈다. 형 황보염(皇甫冉)과 제명(齊名)했다.

溪上 顧況

采蓮溪上女舟小怯搖
風驚起鴛鴦宿水雲
撩亂红

新安許立言

개울 위에서

溪上

고황(顧況)[1]

采蓮溪上女　　연밥 따는 개울 위 여자는
舟小怯搖風　　배가 작아 도는 바람을 겁내네
驚起鴛鴦宿　　원앙은 깃든 곳에서 놀라 날아오르고
水雲撩亂紅　　물과 구름은 어지럽게 붉네

【주석】

1) 고황(顧況) : 727?−820. 자는 포옹(逋翁), 자호는 화양산인(華陽山人), 운양(雲陽 : 강소성 丹陽) 사람. 지덕(至德) 2년(757)에 진사에 합격했다. 이비(李泌)와 유혼(柳渾)과 친했는데, 그들의 추천으로 비서랑(秘書郎)고 저작랑(著作郎)을 지냈다. 이비가 죽은 후, 권귀(權貴)를 풍자하는 시를 지었다가, 전주사호(饒州司戶)로 쫓겨났다. 나중에 오(吳)로 돌아가서, 모산(茅山)에 은거했다.

倣沈仕筆意

詠春雪 常名物

比四種雪之以惜艷陽時

不若風卷冷翔令梅樹遲

吳湘

봄눈을 읊다

詠春雪

위응물(韋應物)[1]

徘徊輕雪意[2]	배회하는 가벼운 눈발의 뜻은
似惜艷陽時	화창한 시절을 아끼는 듯하네
不知風花冷[3]	바람 속 꽃이 차가워 함을 알지 못하고
翻令梅柳遲	도리어 매화와 버들을 더디게 하네

【주석】

1) 위응물(韋應物) : 737-792?. 경조(京兆) 장안(長安 : 섬서성 西安市) 사람. 젊어서 삼위랑(三衛郞)으로 현종(玄宗)을 받들었음. 난리 후 관직을 잃었으나 스스로를 극복하고 독서하였다. 건중(建中) 3년(782)에 비부원외랑(比部員外郞)이 되고, 저주자사(滁州刺史)와 소주자사(蘇州刺史)를 지냈다.
『전당시』에 "응물은 성품이 고결(高潔)하여 머무는 장소에 향을 피우고 청소하고 앉았다. 오직 고황(顧況) · 유장경(劉長卿) · 구단(丘丹) · 진계(秦系) · 교연(皎然)의 무리만을 측근 빈객으로 삼아서 함께 수창했다. 그 시는 한담간원(閒澹簡遠)하여 사람들이 도잠(陶潛)에 비견하고 '도위(陶韋)'라고 불렀다"고 했다.

2) 徘徊(배회) : 『전당시』에는 '배회(裵回)'로 되어 있다.

3) 知(지) : 『전당시』에는 '오(悟)'로 되어 있다.

【참고】

○ 심사(沈仕) : 1488-1565. 명나라 절강(浙江) 인화(仁和 : 杭州) 사람. 자는 무학(懋學), 다른 자는 자등(子登), 호는 청문산인(靑門山人). 젊어서 재명(才名)이 있었고, 법서(法書)와 명화(名畫)를 많이 소장했다. 화조(花鳥)와 산수를 잘 그렸고, 초서도 잘 썼으며, 시사(詩詞)에도 뛰어나서 당시 사람들이 강호시인

(江湖詩人) 중에 제일류(第一流)라고 했다. 만년에 몰락하여 그림을 팔아서 살았다. 그의 산곡(散曲)은 '청문체(青門體)'라고 불렸다.

登柳州峨山　柳宗元

荒山秋日午　獨上意悠悠
如何望鄉處　西北是融州

王廷暉

유주 아산에 오르다

登柳州蛾山[1]

유종화(柳宗化)[2]

荒山秋日午　　황량한 산 가을날 정오에
獨上意悠悠　　홀로 오르니 뜻이 유유하네
如何望鄕處　　고향을 바라보던 곳은 어떠한가
西北是融州　　서북쪽이 융주라네

【주석】

1) 登柳州蛾山(등유주아산) : 제목이 『전당시』에는 〈登柳州峩山(등유주아산)〉으로 되어 있다. 아산(峩山)이 옳다.

2) 유종화(柳宗化) : 유종원(柳宗元)의 잘못이다. 유종원(773-819)은 자가 자후(子厚), 하동(河東 : 산서성 永濟縣 일대) 사람. 정원(貞元) 9년(793)에 진사가 되고, 또 박사굉사과(博學宏辭科)에 올랐다. 교서랑(校書郎)이 되고, 남전위(藍田尉)를 지냈다. 정원 19년, 감찰어사(監察御史)가 되었다. 왕숙문(王叔文)과 위집의(韋執誼)가 집정하자, 유종원을 더욱 우대하여 상서예부원외랑(尙書禮部員外郎)으로 발탁했다. 왕숙문이 패하자, 유종원은 영주사마(永州司馬)로 좌천되었다. 원화(元和) 10년에 유주자사(柳州刺史)로 옮겨서, 14년에 병사했다. 유종원은 한유와 함께 고문운동에 앞장서서 문풍의 쇄신에 힘을 써서 당시 산문가로서 명성을 떨쳤다. 시 또한 독자적인 경계를 열어서 높은 평을 받았다.

倣王蒙筆意

黃子陂

司空曙

山岸芳春色曉水影
夕陽微寂、深烟裡
漁舟夜不歸

雲卿

황자피

黃子陂[1]

사공서(司空曙)[2]

岸芳春色曉	언덕 꽃의 봄 색에 날이 새고
水影夕陽微	물그림자는 석양에 희미하네
寂寂深煙裏	적적한 깊은 안개 속에
漁舟夜不歸	어선은 밤인데 돌아오지 않네

【주석】

1) 皇子陂(황자피) : 『일통지(一統志)』에 "서안부성(西安府城) 서남 25리에 있다"고 했다.

2) 사공서(司空曙) : 약 766년 전후에 활약했음. 자는 문초(文初), 광평(廣平 : 河北省 廣平縣) 사람이다. 대력십재자(大曆十才子) 중의 한 사람이다. 정원(貞元) 중에 수부낭중(水部郎中)을 지내고, 우부낭중(虞部郎中)으로 벼슬을 마쳤다.

【참고】

○ 왕몽(王蒙) : 1308-1385. 원나라 화가. 자는 숙명(叔明), 호는 황학산초(黃鶴山樵), 조맹부(趙孟頫)의 외손(外孫)이며 호주(湖州 : 浙江 吳興) 사람이다. 산수화는 조맹부의 영향을 받았고, 동원(董源)과 거연(巨然)을 배우고, 제가의 장점을 모아서 자신의 풍격을 창조했다. 작품은 번밀(繁密)에서 뛰어났는데, 중만첩장(重巒疊嶂)과 장송무수(長松茂樹)의 기세가 충패(充沛)하고 변화가 다단(多端)했다. 해삭(解索)과 우모준(牛毛皴)을 즐겨 사용했고, 간습(幹濕)을 서로 사용하여 수윤청신(秀潤清新)을 후중혼목(厚重渾穆) 안에 붙였다. 태점(苔點)에는 초묵갈필(焦墨渴筆)이 많고 형세를 따라 내려갔다. 인물과 묵죽을 겸하여 전공하고, 행서와 해서에 뛰어났다. 황공망(黃公望), 오진(吳鎭) 예찬(倪瓚)과

함께 '원사가(元四家)'라 불린다. 현존하는 작품으로 〈청변은거도(青卞隱居圖)〉, 〈하산고은도(夏山高隱圖)〉, 〈단산영해도(丹山瀛海圖)〉 등이 있다.

倣周臣筆意

岸花　張籍

可憐岸邊樹紅蕊發
青條東風吹度水衝
著木蘭橈

扶風馬元

언덕의 꽃

岸花

장적(張籍)[1)]

可憐岸邊樹[2)] 아름다운 언덕 가의 나무
紅蕋發青條 붉은 꽃이 푸른 가지에 피었네
東風吹度水[3)] 봄바람 불어 물을 건너와서
銜着木蘭橈[4)] 목란의 노에 부딪혀 붙었네

【주석】

1) 장적(張籍) : 768?-830?. 자는 문창(文昌), 조적(祖籍)은 소주(蘇州) 오군(吳郡)이고, 생장은 화주(和州 : 안휘성 和縣) 오강(烏江)에서 했다. 정원(貞元) 15년(799)에 15세로 진사에 합격하고, 태상시태축(太常寺太祝)에 임명되었다. 나중에 비서랑(秘書郎)으로 옮겼다. 한유(韓愈)가 국자박사(國子博士)로 추천했다. 장경(長庚) 2년에 수부원외랑(水府員外郎)이 되었고, 보력(寶歷) 말에 주객낭중(主客郎中)이 되었고, 태화(太和) 2년에 국자사업(國子司業)이 되었다. 세칭 장수부(張水府) 혹은 장사업(張司業)으로 불린다.
장적은 시에 뛰어났는데, 더욱 악부고풍(樂府古風)에 뛰어나서 왕건(王建)과 함께 '장왕악부(張王樂府)'라고 불렀다.
2) 憐(련) : 『전당시』에는 '애(愛)'로 되어 있다.
3) 度(도) : 『전당시』에는 '도(渡)'로 되어 있다.
4) 木蘭橈(목란요) : 목란주(木蘭舟)를 말한다. 목란은 목련인데 그 재목으로 만든 배이다. 흔히 배의 미칭으로 사용한다.

【참고】

○ 주신(周臣) : 1460-1535. 명나라 화가. 자는 순경(舜卿), 호는 동촌(東村), 오(吳 : 江蘇 蘇州) 사람. 주신은 인물과 산수를 잘 그렸는데 화법이 엄정공세(嚴整

工細)했다. 그의 유명한 제자인 당인(唐寅)과 구영(仇英)은 청출어람(靑出於藍)했다. 주신의 산수는 진섬(陳暹)을 배웠는데, 일찍이 이성(李成), 곽희(郭熙), 이당(李唐), 마원(馬遠) 등의 작품을 힘써 임모(臨模)했다. 특히 이당(李唐)의 화파에게서 법을 취했는데 산석(山石) 그림은 견응(堅凝)하고, 장법(章法)은 엄근(嚴謹)하고, 용필(用筆)은 순숙(純熟)했다. 대진(戴進)과 함께 이름을 나란히 했다. 주신의 그림은 '원체화(院體畫)'와 '문인화(文人畫)'가 융합했다고 평가된다.

丁雲鵬寫

題僧讀經堂 岑參

結室開三藏
焚香老一峰
雲間獨坐臥
只是對杉松

俞道隆

승려의 독경당에 적다

題僧讀經堂[1] 잠삼(岑參)[2]

結室開三藏　　집을 지어 삼장을 열고
焚香老一峰　　분향하며 한 봉우리에서 늙었네
雲間獨坐臥　　구름 사이에서 홀로 생활하며
祇是對杉松[3]　　다만 삼나무 소나무만 대했네

【주석】

1) 題僧讀經堂(제승독경당) : 제목이 『전당시』에는 〈題雲際南峰眼上人讀經堂(제운제남봉안상인독경당)〉으로 되어 있고, 그 주에 "안공은 이 당에서 내려오지 않은 지가 15년이다[眼公不下此堂十五年矣]"고 했다.

2) 잠삼(岑參) : 715-770. 남양(南陽 : 河南) 사람. 나중에 강릉(江陵 : 湖北)으로 옮겼다. 어려서 빈천했는데 스스로 독서에 열중하여 천보(天寶) 3년(744), 30세에 과거에 합격했다. 병조참군(兵曹參軍)을 지내고, 두 차례 서북 변경으로 나가서 고선지(高仙之)와 봉상청(封常淸)의 막부에서 7여 년간 변경생활을 했다. 숙종 지덕(至德) 2년(757)에 두보(杜甫) 등의 추천으로 우보궐(右補闕)이 되었으나 풍자시로 인하여 괵주자사(虢州刺史)로 좌천되었다. 대력(大曆) 원년(766) 두홍점(杜鴻漸)의 막료가 되어 촉(蜀)지역의 반란 진압에 참여한 후, 가주자사(嘉州刺史)를 1년여 간 지냈다. 파직한 후 성도(成都)의 여관에서 병사했다.

3) 杉(삼) : 『전당시』에는 '산(山)'으로 되어 있다.

【참고】

○ 정운붕(丁雲鵬) : 1547-?. 명나라 화가. 자는 남우(南羽), 호는 성화거사(聖華居士), 안휘(安徽) 휴녕(休寧) 사람. 찬자(瓚子)와 첨경봉(詹景鳳)의 문인(門人)이

었다. 서법(書法)은 종요(鍾繇)와 왕희지(王羲之)를 배웠다. 그림은 백묘인물(白描人物), 산수(山水), 불상(佛像)을 잘 그렸는데 정묘(精妙)하지 않음이 없었다. 백묘는 이공린(李公麟)과 사발(絲發)과 혹사(酷似)하여 미첩(眉睫)의 의태(意態)가 모두 갖추어졌는데 필단(筆端)에 신통함이 없다면 능하지 못할 것이다. 공봉(供奉)으로 내정(內廷)에 있은 10여 년 동안 동기창(董其昌)과 첨경봉(詹景鳳) 등 여러 사람과 교유했는데 전하는 작품에 동기창과 진계유(陳繼儒) 등의 제찬(題贊)이 많다. 동기창은 그에게 인장(印章)을 주었는데 '호생관(毫生館)'이라 했다. 만력(萬曆) 8년(1580)에 〈강남춘선(江南春扇)〉을 그렸고, 천계(天啓) 원년(1621)에 〈과계어은도(夥溪漁隱圖)〉를 그렸다.

擬江令九日歸揚州賦

許敬宗

心逐南雲逝
形隨北雁來
故鄉籬下菊
今日幾花開

강령의 〈구월구일 양주로 돌아가며 읊다〉를 본받다

擬江令九日歸楊州賦[1]

허경종(許敬宗)[2]

心逐南雲逝　　마음은 남쪽 구름을 좇아가고
形隨北鴈來　　몸은 북쪽 기러기를 따라 오네
故鄉籬下菊　　고향 울타리 아래 국화는
今日幾花開　　오늘 얼마나 꽃이 피었을까

【주석】

1) 擬江令九日歸楊州賦(의강령구일귀양주부) : 『고시경(古詩鏡)』 및 『고시기(古詩紀)』에는 강총(江總)의 〈於長安歸還揚州九月九日行薇山亭賦韻(어장안귀환양주구월구일행미산정부운)〉 시로 되어 있다. 강총(519-594)은 남조(南朝) 진(陳)나라 대신(大臣)으로, 자는 총지(總持)이고, 시로써 저명했다. 진후주(陳後主) 때 상서령(尙書令)을 지내서 세칭 '강령(江令)'이라 한다. 진나라가 망한 후 강도(江都 : 江蘇 揚州)에서 살았다.

2) 허경종(許敬宗) : 592-672. 자는 연족(延族), 항주(杭州) 신성(新城) 사람. 수(隋)나라 예부시랑(禮部侍郎) 허선심(許善心)의 아들이다. 당나라에 와서 저작랑(著作郎), 수국사(修國史), 급사중(給事中), 예부상서(禮部尙書), 시중(侍中), 중서령(中書令), 우상(右相) 등을 지냈다.

詠烏

李義府

日裏颺朝彩琴中伴
夜啼上林如許樹
不借一枝棲

周森

새를 읊다

詠鳥[1]

이의부(李義府)[2]

日裏颺朝彩[3]　　해 속에서 아침 채색 놀을 날리고
琴中半夜啼[4]　　금 속에서 밤의 재잘거림을 동반하네
上林如許樹[5]　　상림에 나무가 얼마이던가
不借一枝棲　　한 가지 서식처를 빌려주지 않네

【주석】

1) 詠鳥(영조) : 『어정전당시(御定全唐詩)』의 주에 "『당시기사(唐詩紀事)』에 '이의부는 처음 이대량(李大亮)과 유계(劉洎)의 추천을 받았다. 태종(太宗)이 불러서 〈영조〉를 읊었는데 「……」라고 했다. 황제가 말하기를 「경(卿)에게 모든 나무를 빌려줄 것인데 어찌 한 가지뿐이겠는가?」라고 했다'고 했다."고 했다.

2) 이의부(李義府) : 614-666. 영주(瀛州) 요석(饒陽 : 河北 饒陽) 사람. 문하전의(門下典儀), 감찰어사(監察御史), 태자사인(太子舍人), 중서사인(中書舍人) 등을 지냈다. 무측천(武則天)의 심복이 되어 재상을 지냈다. 나중에 휴주(巂州)로 귀양을 가서 죽었다.

3) 日裏颺朝彩(일리양조채) : 고대 전설에 태양 안에 삼족오(三足烏)가 있다고 한다. 고구려 벽화에서도 삼족오는 태양을 상징하고 있다.

4) 琴中半夜啼(금중반야제) : '半(반)'은 『전당시』에 '반(伴)'으로 되어 있다. 해석은 '반(伴)'을 따랐다. 금곡(琴曲)에 〈오야제인(烏夜啼引)〉이 있다. 하안(何晏)의 딸이 작곡했다고 전한다.

5) 上林(상림) : 궁궐의 원림.

칠언절구

당시칠언화보서

세상에서 '삼불후(三不朽)'라고 칭하는 것은 문(文)과 시와 그림이다. 대개 반드시 천정천수(天精天粹 : 천연순수)하고, 진륜진제(盡倫盡制 : 윤리를 다하고 제도를 다함)하여야만 이것이 불간지전(不刊之典 : 길이 전해질 전적)이 된다. 조금이라도 좋지 못하면 높은 시렁에다 묶어둘 뿐이다. 그래서 문으로써 논한다면 위로는 육경(六經)과 사서(四書)이고, 다음으로는 『좌전(左傳)』과 『국어(國語)』와 반고(班固)와 사마천(司馬遷)이고, 그 다음으로는 이백(李白)·두보(杜甫)·왕유(王維)·맹호연(孟浩然)·한유(韓愈)·유종원(柳宗元)·구양수(歐陽修)·소식(蘇軾)·주돈이(周敦頤)·정호(程顥)·장재(張載)·주희(朱熹)인데, 이것들을 불후하다고 할 수 있다. 글씨로써 논한다면 위로는 이사(李斯)·채옹(蔡邕)·종요(鍾繇)·왕희지(王羲之)이고, 다음으로는 구양순(歐陽詢)·우세남(虞世南)·저수량(褚遂良)·설직(薛稷)·안진경(顔眞卿)·유공권(柳公權)·장욱(張旭)·이승복(李承福)이고, 그 다음은 소식(蘇軾)·황정견(黃庭堅)·미불(米芾)·채양(蔡襄)·조맹부(趙孟頫)·송극(宋克)·문징명(文徵明)·축윤명(祝允明) 등이 있는데, 비로소 불후하다고 할 만하다. 그림으로써 논한다면 진(晉)나라 고개지(高愷之), 송(宋)나라 육탐미(陸探微), 양(梁)나라 장승요(張僧繇), 당(唐)나라의 염립본(閻立本)·이사훈(李思訓)·왕유(王維)·한간(韓幹), 송나라의 이공린(李公麟)·정유(鄭褎)·소식(蘇軾)·미불(米芾), 원(元)나라의 조맹부·대진(戴進)·심주(沈周)·여잠(呂潛), 우리 명(明)나라의 당인(唐寅)·주신(周臣)·문징명(文徵明)·막시룡(莫是龍) 등이 있는데, 이들이 불후하다고 할 만하다. 그

나머지 논의에서 언급하지 못한 것은 대부분 천지 사이에 흩어져 있어서 모아서 하나로 만들 수 없다. 때때로 풍영(諷詠)할 때 임모(臨摹)가 없고, 때때로 임모할 때 또한 회화(繪畫)가 없다면 장차 어떻게 바르게 하겠는가? 신안(新安) 봉지(鳳池) 황생(黃生)은 일찍이 고아한 것을 모으려는 뜻을 품었는데, 이에 시는 당율(唐律)을 선발하여 시를 읊는 자료로 삼게 하고, 글씨는 명필을 구하여 글씨 연습의 보조물로 삼게 하고, 그림은 다만 충환(冲寰) 채생(蔡生)에게 위임하여 제가(諸家)의 교묘함을 널리 모아서 회사(繪士)가 뜻을 얻는 데에 도움이 되게 했다. 그 풍부하면서 굉대하고, 정밀하고 순수한 것은 돌잔치의 소반을 아이에게 보이는 것처럼 완연하게 온갖 사물이 갖추어 있고 쟁쟁(錚錚)하여 눈을 비비게 된다. 또한 어부(御府)에 진보로 수장한 이정(彝鼎)과 호련(瑚璉)처럼 물건마다 사랑스럽고, 또한 상원(上苑)의 기이한 꽃처럼 온갖 붉은 꽃 자색 꽃들이 가지각색으로 사람을 감동시킨다. 옛것을 좋아하는 인사들이 마음껏 즐긴다면 거의 일거삼득일 것이 아니겠는가? 두 사람의 마음 씀은 근면하고 정성스럽다고 하겠다. 나는 운정(雲程)과 우연히 만난 친교가 있는데 그가 질정을 청하여 특별히 서문을 쓰게 되었는데 불후라고 적었다.

전당(錢塘) 임지성(林之盛)이 짓다.
호림(虎林) 심정신(沈鼎新)이 쓰다.

唐詩七言畵譜敍

世稱三不朽, 謂文也·詩也·畵也. 蓋必天精天粹, 盡倫盡制, 斯爲不刊之典. 稍有未善, 束之高閣而已. 故以文論, 上之六經·四書, 次之『左』·『國』·班·馬, 再次之李·杜·王·孟·韓·柳·歐·蘇·周·程·張·朱, 此可以云不朽. 以字論, 上之李·蔡·鍾·王, 次之歐·虞·褚·薛·顔·柳·張·李, 再次之蘇·黃·米·蔡·趙·宋·文·祝, 始可以云不朽. 以畵論, 如晉之高愷之, 宋之陸探微, 梁之張僧繇, 唐之閻·李·王·韓, 宋之李·鄭·蘇·米, 元之趙·戴·沈·呂, 我明之唐·周·文·莫, 此可以云不朽. 其餘論所未及者, 大都散在天壤間, 未能會而爲一. 時而諷詠, 則乏臨摹; 時而臨摹, 又乏繪畵, 將安取衷哉? 新安鳳池黃生, 夙抱集雅之志, 乃詩選唐律, 以爲吟哦之資; 字求名筆, 以爲臨池助; 畵則獨任冲寰蔡生, 博集諸家之巧妙, 以佐繪士之馳騁. 卽其富而宏, 精而粹, 宛若晬盤示兒, 百物俱在, 錚錚刮目; 又若御府珍藏, 彝鼎瑚璉, 物物可愛; 又若上苑天葩, 千紅萬紫, 色色動人. 好古之士, 任意游衍, 殆一擧而三得乎? 二生之用心, 可謂勤而精矣. 余與雲程有傾蓋之雅, 因其就正, 特爲之敍, 以識不朽云.

錢塘林之盛撰
虎林沈鼎新書

蔡冲寰寫

九日

德宗皇帝

禁苑秋来爽氣多昆
明風動起滄波中流
簫鼓誠堪賞詎假横
汾發棹歌

徐乱

구일

九日

덕종황제(德宗皇帝)[1)]

禁苑秋來爽氣多[2)]	금원에 가을 되니 상쾌한 기운이 많고
昆明風動起滄波[3)]	곤명지에 바람 부니 푸른 물결 일어나네
中流簫鼓誠堪賞	중류의 피리 북소리 참으로 감상할 만한데
詎假橫汾發權歌[4)]	어찌 분수 건너며 부른 뱃노래를 빌리겠는가

【주석】

1) 덕종황제(德宗皇帝) : 이적(李適, 742-805). 대종(代宗)의 아들로 당나라 제9대 황제였다.

2) 禁苑(금원) : 궁궐의 원림(苑林).

3) 昆明(곤명) : 곤명지(昆明池). 한무제(漢武帝) 원수(元狩) 3년(기원전 120)에 장안(長安) 서남 교외에 조성했던 인공 호수로, 수전(水戰)을 연습했다고 한다. 송(宋)나라 이후에 매몰되었다.

4) 橫汾發權歌(횡분발도가) : 한무제(漢武帝)가 분수(汾水)의 뱃놀이에서 〈추풍사(秋風辭)〉를 지은 것을 말한다.

觀獵

王昌齡

角鷹初下秋草稀
鐵驄抛鞚去如飛
少年獵得平原兔
馬後橫捎意氣歸

仁和[illegible]

사냥을 구경하다

觀獵

왕창령(王昌齡)[1]

角鷹初下秋草稀[2]	각응이 처음 내려오니 가을 풀 드물고
鐵驄拋鞚去如飛[3]	철총마는 재갈 내 뱉으며 날듯이 가네
少年獵得平原兔	소년은 평원의 토끼를 사냥하여
馬後橫稱意氣歸[4]	말 뒤에 매달고 의기양양 돌아오네

【주석】

1) 왕창령(王昌齡) : 698?-757?. 자는 소백(少伯). 태원(太原) 사람. 일설에는 강녕(江寧) 사람이라고 한다. 개원 15년(727)에 진사에 급제하여 사수위(汜水尉)에 임명되었다. 굉사과(宏辭科)에 합격하여 교서랑(校書郎)으로 옮겼다. 나중에 작은 예절을 지키지 않아서 강녕승(江寧丞)으로 좌천되고, 만년에는 용표위(龍標尉)로 좌천되었다. 안사(安史)의 난(亂)이 일어났을 때 고향으로 돌아갔는데, 박주자사(亳州刺史) 여구효(閭丘曉)에게 피살되었다. 왕창령은 칠언절구에서 이백과 더불어 가장 뛰어난 시인으로 평가된다.

2) 角鷹(각응) : 매의 일종이다.

3) 鐵驄(철총) : 털의 색이 청백(青白)이 섞여진 말이다.

4) 稱(칭) : 『전당시』에는 '소(捎)'로 되어 있다.

沖寰

峨眉山月歌 李白

峨眉山月半輪秋影

入平羌江水流夜發淸

溪向三峽思君不見下

渝州

沈自書

아미산의 달을 노래하다

峨眉山月歌[1)]

이백(李白)[2)]

峨眉山月半輪秋　　아미산의 달이 반쪽인 가을인데
影入平羌江水流[3)]　　달빛이 평강강 물속으로 들어가 흐르네
夜發清溪向三峽[4)]　　밤에 청계를 출발하여 삼협을 향하는데
思君不見下渝州[5)]　　그대를 생각해도 볼 수가 없어 투주로 내려가네

【주석】

1) 峨眉山(아미산) : 사천성에 있는 산이다.

2) 이백(李白) : 701-762. 자는 태백(太白), 호는 청련거사(青蓮居士), 조적(祖籍)은 농서(隴西) 성기(成紀 : 지금의 甘肅省 天水 부근). 나중에 면주(綿州) 창명(彰明 : 지금의 四川省 江油縣) 청련향(青蓮鄕)으로 옮겼다. 이백이 태어날 때 그 어머니가 장경성(長庚星)을 꿈꾸었기 때문에 그로써 이름을 지었다고 한다. 젊어서는 종횡술(縱橫術)과 격검(擊劍)을 좋아하며 임협(任俠)이 되고자 했다. 촉(蜀)지역을 비롯하여 장강(長江)과 황하의 여러 지역을 유람하며 견문을 쌓고 여러 인사들과 교유했다. 천보(天寶) 초에 친구 오균(吳筠)을 따라 장안(長安)으로 왔다. 하지장(賀知章)이 그의 시를 읽고 감격하여 적선(謫仙)이라 부르며 현종(玄宗)에게 추천하여 한림공봉(翰林供奉)에 임명되었다. 그러나 정치적 뜻을 이루지 못하고 물러나와 여산(廬山)에서 은거했다. 안록산(安祿山)이 모반한 이듬해 영왕(永王) 이린(李璘)이 군사를 일으켜 이백을 막부요좌(幕府僚佐)로 삼았다. 뒤에 이린이 그의 형 숙종(肅宗) 이형(李亨)과 황위를 다투다가 패하여 피살되자, 이백 또한 부역죄로 하옥되었다. 야랑(夜郎)으로 유배가다가 도중에 사면을 받고 돌아왔다. 만년에는 족숙(族叔)인 당도령(當塗令) 이양빙(李陽氷)에게 의지했는데, 오래지 않아 병사했다. 향년 62세였다.

3) 平羌江(평강강) : 일명 청의강(青衣江). 사천성 보흥현(寶興縣) 북쪽에서 발원하여 동남으로 흘러서 아안현(雅安縣)·홍아현(洪雅縣)·협강현(峽江縣) 등

을 거치고, 아미산 동북에서 낙산(樂山) 초혜도(草鞋渡)에 이르러 대도하(大渡河)로 들어감.

4) 淸溪(청계) : 옛 역(驛)의 이름. 지금의 사천성 납계현(納溪縣) 5리에 있음. 三峽(삼협) : 사천성과 호북성 경내의 장강(長江) 상류에 있는 구당협(瞿塘峽) · 무협(巫峽) · 서릉협(西陵峽)을 합한 명칭.

5) 사군(思君) : 군(君)은 달을 말함. 渝州(투주) : 지금의 사천성 파현(巴縣).

江畔獨步尋花 杜甫

黃四孃家花滿蹊
千朶萬朶壓枝低
留連戲蝶時時舞
自在嬌鶯恰恰啼

新安兪士仁

강가를 홀로 걸으며 꽃을 찾다

江畔獨步尋花

두보(杜甫)

黃四娘家花滿蹊[1]	황사랑 집은 꽃이 오솔길에 가득한데
千朶萬朶壓枝低	천 송이 만 송이가 가지를 눌러 나직하네
留連戲蝶時時舞	머물러 노는 나비들 때때로 춤추고
自在嬌鶯恰恰啼[2]	자유로운 예쁜 꾀꼬리 즐겁게 노래하네

【주석】

1) 黃四娘(황사랑) : 미상.

2) 두보 : 712-770. 자는 자미(子美), 원적(原籍)은 양양(襄陽 : 지금의 호북성 襄陽縣)이고, 증조부 때 하남(河南) 공현(鞏縣)으로 옮겼다. 진(晉)나라 두예(杜預)의 13대손이며 두심언(杜審言)의 손자이다. 두보는 유가(儒家)의 가정에서 성장하여, 천보(天寶) 초에 장안으로 와서 과거에 응시했으나 낙방했다. 이에 8, 9년 동안 남쪽으로는 오월(吳越) 지역과 북쪽으로는 제조(齊趙) 지역을 여행하며 이백(李白)과 고적(高適) 등과 사귀었다. 천보 11년(755), 그의 나이 40세에 〈삼대례부(三大禮賦)〉을 현종(玄宗)에게 바치고 하서위(河西尉)에 임명되었으나 부임하지 않았다. 나중에 우위솔부주조참군(右衛率府胄曹參軍)에 임명되었다. 얼마 후 안록산의 난이 일어나서 장안이 함락되자, 두보는 가족을 거느리고 부주(鄜州) 강촌(羌村)으로 피난을 갔다가 반란군의 포로가 되었다. 현종이 촉(蜀)으로 피난가고, 숙종(肅宗)이 영무(靈武)에서 즉위하자, 두보는 탈출하여 영무로 가서 배알하고 좌습유(左拾遺)에 임명되었다. 곧 방관(房琯)을 위해 상소를 했다가 화주사공참군(華州司空參軍)으로 좌천되었다. 건원(乾元) 2년(759)에 벼슬을 버리고 서쪽으로 가서, 진주(秦州)와 동곡(同谷)을 거쳐 촉(蜀)으로 들어가서 성도(成都)의 초당(草堂)에 안주했다. 엄무(嚴武)가 촉(蜀)의 진무사(鎭撫使)가 되자, 두보를 검교공부원외랑(檢校工部員外郞)으로 삼았다. 엄무가 죽은 후 가족을 거느리고 기주(夔州)로 옮겼

다. 대력(大曆) 3년(768)에 기주를 떠나 여러 곳을 떠돌다가 침주(郴州)로 가는 도중 뇌양(耒陽)에서 빈곤과 병으로 배 안에서 객사했다. 향년 59세였다.

3) 恰恰(흡흡) : 새가 우는 소리.

葉道士山房 顧況

水邊垂柳赤欄橋洞裏仙
人碧玉簫近得麻姑書
信否潯陽江上不通潮

姚江胡應宿

섭도사 산방

葉道士山房[1)]

고간(顧侃)[2)]

水邊垂柳赤欄橋　　물가 버들은 붉은 난간의 다리에 있는데
洞裏仙人碧玉簫　　골짜기 속 선인이 벽옥의 소를 부네
近得麻姑書信否[3)]　　근래 마고선자의 소식을 들었는지?
潯陽江上不通潮[4)]　　심양강 위에는 조수가 통하지 않는다오

【주석】

1) 葉道士山房(섭도사 산방) : 『전당시』에는 제목이 〈題葉道士山房(제섭도사산방)〉으로 되어 있다.

2) 고간(顧侃) : 고황(顧況)의 잘못이다. 고황(727?-820)의 자는 포옹(逋翁), 자호는 화양산인(華陽山人), 운양(雲陽 : 강소성 丹陽) 사람. 지덕(至德) 2년(757)에 진사에 합격했다. 이비(李泌)와 유혼(柳渾)과 친했는데, 그들의 추천으로 비서랑(秘書郎)이 되고 저작랑(著作郎)을 지냈다. 이비가 죽은 후, 권귀(權貴)를 풍자하는 시를 지었다가, 전주사호(饒州司戶)로 쫓겨났다. 나중에 오(吳)로 돌아가서, 모산(茅山)에 은거했다.

3) 麻姑(마고) : 옛날 전설에 나오는 선녀 이름으로, 마고산(麻姑山)에 살며 손톱과 발톱이 새의 발톱과 같이 생겼다고 한다.

4) 潯陽江(심양강) : 강서성(江西省) 구강시(九江市) 일대를 흐르는 강이다.

少年行

新豐美酒斗十千咸陽
遊俠多少年相逢意氣
爲君飮繫馬高樓垂柳
邊

帝林盛可繼

소년행

少年行[1]

왕유(王維)

新豐美酒斗十千[2]　　신풍의 좋은 술은 한 말에 만전이고
咸陽遊俠多少年[3]　　함양의 유협엔 젊은이들이 많네
相逢意氣爲君飮　　서로 만나 의기투합하면 그대 위해 술을 사러
繫馬高樓垂柳邊　　높은 누대 수양버들 가에 말을 매네

【주석】

1) 少年行(소년행) : 모두 4수임. 『악부시집』에서 〈잡곡가사(雜曲歌辭)·결객소년장행(結客少年場行)〉 뒤에 왕유의 〈소년행〉을 수록해 놓았는데, "『악부해제(樂府解題)』에 〈결객소년장행〉은 생명을 가볍게 여기고 의리를 중시하여 강개하게 공명을 세우려는 것을 말한다'고 했다. 『광제(廣題)』에서는 '한(漢)나라 장안(長安)의 소년(少年)들이 관리를 살해하여 재물을 받고 복수해주었는데, 서로 함께 탄환을 꺼내보아서 붉은 탄환이면 무리(武吏)를 죽이고, 검은 탄환이면 문리(文吏)를 죽였다. 윤상(尹賞)이 장안령(長安令)이 되어 그들을 모두 체포했다. 장안에서 그들을 위해 노래하기를 「어디에서 그대 시신을 구할거나? 백동소년장(柏東少年場)이네. 생시(生時)에 근실하지 못했는데, 마른 해골을 어디에 묻을 거나?」고 했다'라고 했다. 살펴보니, 〈결객소년장〉은 소년 시절에 임협(任俠)을 맺은 객(客)이 유락(遊樂)의 장(場)을 만들려고 했으나 끝내 이루지 못했기 때문에 이 곡을 지은 것이다"라고 했다.

2) 新豐(신풍) : 지금의 섬서성 임동현(臨潼縣) 동쪽. 조식(曹植)의 〈명도편(名都篇)〉에 "歸來宴平樂, 美酒斗十千"이라 했음.

3) 咸陽遊俠(함양유협) : 함양(咸陽)은 진(秦)나라 때의 수도. 여기서는 낙양(洛陽)을 말함. 유협(遊俠)은 위난(危難)에 처한 사람을 구하고, 보답을 바라지 않고, 신의를 중시하는 협객(俠客)을 말함.

冲襄

逢鄭三遊山　盧仝

相逢之處花茸茸石壁攢
峰千萬重他日期君何
處好寒流石上一株松

徐方來

정삼을 만나서 산을 유람하다

逢鄭三遊山[1)] 노동(盧仝)[2)]

相逢之處花茸茸[3)] 상봉한 곳에 꽃이 우거졌는데
石壁攢峰千萬重 석벽에 솟아난 봉우리가 천만 겹이네
他日期君何處好 훗날 그대와 만남은 어디가 좋을까?
寒流石上一株松 찬물 흐르는 바위 위 한 그루 소나무 아래이리라

【주석】

1) 逢鄭三遊山(봉정삼유산) : 『전당시』에는 제목이 〈喜逢鄭三遊山〉으로 되어 있다.

2) 노동(盧仝) : 771-?. 자호는 옥천자(玉川子), 하남(河南) 제원(濟源) 사람. 정원(貞元) 연간에 양주(揚州)에 우거(寓居)했다. 원화(元和) 5년에 빈곤으로 인하여 낙양(洛陽)으로 옮겨 살았는데, 당시 하남윤(河南尹)이었던 한유(韓愈)와 수창했다. 나중에 상주(常州)로 가서 자사(刺史) 맹간(孟簡)과 혜산사(慧山寺)의 승려 약빙(若氷)과 교유했다. 낙양으로 돌아와 제원(濟源)에 은거하려고 했으나, 뜻을 이루지 못하고 죽었다.
『시학연원(詩學淵源)』에 "노동의 시는 기벽(奇僻)함을 숭상했는데, 고시는 더욱 기괴하다. 다만 악부는 대략 이익(李益)과 비슷하고, 근체는 간혹 경어(硬語)를 넣었는데, 대략 맹교(孟郊)와 서로 같다"고 했다.

3) 茸茸(용용) : 떼 지어 모여 있는 모양.

晚秋閑居　白居易

地僻門深少送迎披衣閒坐
養幽情秋庭不掃攜藤
杖閑蹋梧桐黃葉行

西林 良彥 書

늦가을 한가한 거처

晩秋閑居 백거이(白居易)

地僻門深少送迎　　땅 궁벽하고 문 깊어 송영이 드문데
披衣閑坐養幽情　　옷 걸치고 한가히 앉아 그윽한 뜻을 기르네
秋庭不掃携藤杖　　가을마당을 쓸지 않고 등나무 지팡이 들고
閑踏梧桐黄葉行　　한가히 노란 오동잎을 밟으며 가네

【참고】

○ 자언(自彥) : 명나라 승려. 자는 낭약(朗若), 호는 서림(西林), 항주(杭州) 사람. 조산사(祖山寺)에서 머리를 깎았다. 행서와 초서를 잘 썼고, 산수와 난죽(蘭竹)을 잘 그렸다. 만력(萬曆 : 1573-1619) 때 활약했다.

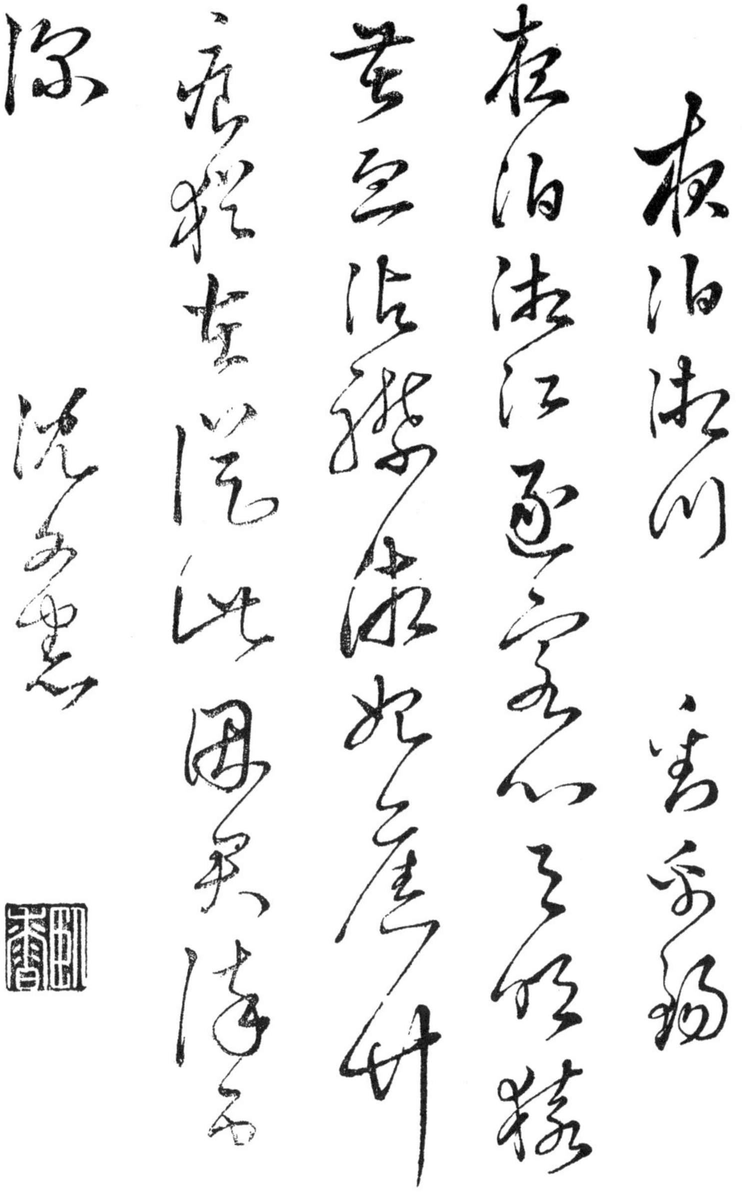

夜泊湘川　　唐 戎昱

夜泊湘江逐客心
月明猿苦血霑襟
湘妃舊竹痕猶淺
從此因君染更深

밤에 상천에 정박하다

夜泊湘川[1]

유우석(劉禹錫)

夜泊湘江逐客心[2]	밤에 상강에 정박하고 객의 마음을 좇는데
月明猿苦血沾襟	달 밝고 원숭이 울음 괴로워 피가 가슴을 적시네
湘妃舊竹痕猶在[3]	상비의 옛 대나무에 흔적이 여전히 남았는데
從此因君流更深[4]	이로부터 그대 때문에 흐름이 더욱 깊으리라

【주석】

1) 夜泊湘川(야박상천) : 제목이 『전당시』에는 〈酬瑞(一作端)州吳大夫夜泊湘川見寄一絶(수서(단이라고도 함)주오대부야박상천견기일절)〉로 되어 있다. 상천은 상강(湘江). 호남성에 있는 큰 강으로 장강(長江)의 주요 지류이다.

2) 江(강) : 『전당시』에는 '천(川)'으로 되어 있다.

3) 湘妃舊竹痕(상비구죽흔) : 소상반죽(瀟湘斑竹)을 말한다. 소상강(瀟湘江) 일대에서 나는 자줏빛 반점이 있는 대나무인데, 전설에 의하면 순(舜) 임금 의 두 비(妃)인 아황(娥皇)과 여영(女英)이 순 임금이 승하하자 눈물을 흘려 대나무에 뿌렸더니 얼룩이 생겼다 한다. 이후 두 사람은 강에 투신하여 죽었는데 강의 신인 상비(湘妃)가 되었다고 한다. 在(재) : 『전당시』에는 '천(淺)'으로 되어 있다.

4) 流(류) : 『전당시』에는 '염(染)'으로 되어 있다.

蔡沖寰寫

寄裴九弟 賈至

西江萬里向東流今夜江
邊駐客舟月色更添春
色好蘆風綠似竹風
幽 席林 陳起鰲

陳起鰲

배구 아우와 이별하다

別裴九弟

가지(賈至)[1]

西江萬里向東流　　서강은 만리 동으로 흘러가고
今夜江邊駐客舟　　오늘밤 강변에 객선을 머물었네
月色更添春色好　　달 색은 더욱 봄 색을 더하여 좋고
蘆風勝似竹風幽[2]　　갈대바람은 그윽한 대숲바람 보다 나은 듯하네

【주석】

1) 가지(賈至) : 718-772. 자는 유린(幼鄰), 낙양(洛陽 : 하남성) 사람. 천보(天寶) 원년(742)에 명경과(明經科)에 합격하고, 기거사인(起居舍人)과 지제고(知制誥)를 지냈다. 숙종(肅宗) 때 중서사인(中書舍人)이 되었으나, 악주사마(岳州司馬)로 좌천되었다. 보응(寶應) 초에 소환되어 옛 관직을 회복하고, 대력(大曆) 초에 경조윤(京兆尹)과 우산기상시(右散騎常侍)를 지냈다. 『당재자전』에 "가지는 특히 시를 잘 지었는데, 준일(俊逸)한 기(氣)가 포조(鮑照)와 유신(庾信)에게 뒤지지 않는다. 조(調) 또한 청창(淸暢)하고, 게다가 질박한 말이 많은데 표류윤락(漂流淪落)한 것이 많았기 때문이다"라고 했다.

2) 勝似(승사) : 『전당시』에는 '사승(似勝)'으로 되어 있다.

日

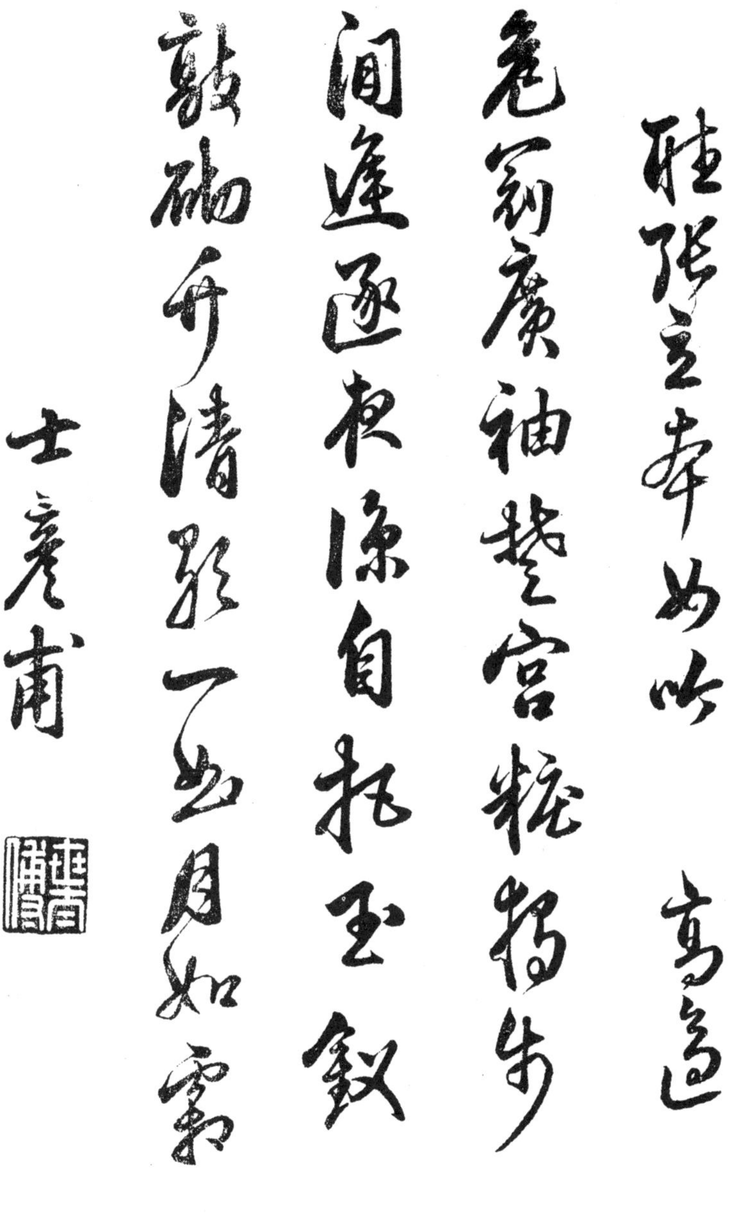

聽張立本女吟　高適

危冠廣袖楚宮糚獨步
閒庭逐夜涼自把玉釵
敲砌竹清歌一曲月如霜

士[illegible]甫

장립본의 딸이 읊는 것을 듣다

聽張立本女吟[1]

고적(高適)[2]

危冠廣袖楚宮粧[3] 높은 관모 넓은 소매는 초궁의 단장이고
獨步閒庭逐夜涼 한아한 정원을 홀로 걸으며 서늘한 밤기운을 좇네
自把玉釵敲砌竹 스스로 옥비녀 들고 섬돌 대나무를 두들기며
清歌一曲月如霜 한 곡조 맑은 노래 속 달빛은 서리와 같네

【주석】

1) 聽張立本女吟(청장립본여음) : 『전당시』 214권에 고적의 이름 아래 실려 있는데, 또 799권에 장립본녀(張立本女) 이름 아래 실려 있다. 그 서문에 "초장관(草場官) 장립본(張立本)의 딸은 어려서 독서한 적이 없었는데 갑자기 스스로 시를 읊었다. 장립본이 그 시를 입으로 읊는 대로 기록했다."고 했다. 『태평광기(太平廣記)』에 "당나라 승상 우승유(牛僧孺)가 중서(中書)에 있었을 때 초장관(草場官) 장립본에게 딸이 한 명 있었는데 요물(妖物)에게 홀렸다. 그 요물이 왔을 때는 딸은 곧 짙게 화장하고 옷을 갖추어 입고 규중(閨中)에서 남과 담소를 나누는 듯했다. 그 요물이 떠나가면 곧 미친 듯이 소리치며 울었다. 오래지 않아 항상 스스로 자칭 고시랑(高侍郎)이라 했다. 하루는 갑자기 시 한 수를 읊조렸는데 '높은 관모 넓은 소매는……'이라 했다. 입본은 곧 입으로 읊는 대로 그것을 기록했다. 입본은 승려 법주(法舟)와 친구였는데 법주가 집에 오자, 마침내 그 시를 보여주며 '내 딸은 어려서 독서한 적이 없었는데 어떻게 지었는지 모르겠다'고 했다. 법주는 입본에게 두 알의 단약을 주며 딸에게 복용하게 했다. 10일이 지나지 않아서 병이 절로 나았다. 그 딸이 말하기를 '집 뒤에 대숲이 있는데 고개(高鍇) 시랑(侍郎)의 묘가 그 안에 있습니다. 그런데 여우가 그곳에 굴을 파고 있었기 때문에 홀리게 되었습니다. 단약을 복용한 후 다시 들리지 않게 되었고 그 병은 다시 재발하지 않았습니다.'라고 했다"고 했다.

2) 고적(高適) : 702?-765. 자는 달부(達夫), 발해(渤海) 수현(蓨縣 : 지금의 하북성 景縣) 사람. 초년에는 벼슬에 나가지 못하고 오랫동안 양(梁)과 송(宋) 지역(하남성 開封·商丘)을 떠돌았다. 또 북쪽의 연(燕)과 월(越) 지역을 여행하고, 기상(淇上 : 하남성 淇縣)에 머물렀다. 천보(天寶) 8년 고적의 나이 50세에 '유도과(有道科)'에 합격하여 봉구위(封丘尉)에 임명되었으나 곧 벼슬을 버렸다. 가서한(哥舒翰)이 농우절도사(隴右節度使)가 되자, 고적은 그의 장서기(掌書記)가 되었다. 안사(安史)의 난이 일어나자 가서한을 따라 동관(潼關) 전투에 참여했다. 그 후 시어사(侍御史)와 간의대부(諫議大夫)를 지내고, 나가서 촉주(蜀州)와 팽주자사(彭州刺史)를 지냈다. 또 성도윤(成都尹)을 거쳐 검남(劍南)·사천(四川)절도사를 지낸 후, 조정으로 들어가서 형부시랑(刑部侍郎)을 거쳐 좌산기상시(左散騎常侍)가 되어 발해현후(渤海縣侯)에 봉해졌다.
고적은 잠삼(岑參)과 함께 성당의 변새시파를 대표하는 대가로서 '고잠'이라고 병칭된다.

3) 楚宮粧(초궁장) : 초나라 궁중 양식의 화장. 『전당시』에는 '장(粧)이 '장(妝)'으로 되어 있다.

蔡元勳寫

早梅 張謂

一樹寒梅白玉條
迥臨村路傍溪橋
不知近水花先發
疑是經冬雪未消

虛林釋明經書

이른 매화

早梅

장위(張謂)[1)]

一樹寒梅白玉條　　한 그루 한매의 백옥 가지가
逈臨村路傍谿橋　　멀리 시골길에 임해 개울다리 옆에 있네
不知近水花先發　　물에 가까운 꽃들이 먼저 피었나 모르겠는데
疑是經冬雪未銷[2)]　　겨울 지난 눈이 아직 녹지 않았나 싶네

【주석】

1) 장위(張謂) : 711?-780?. 자는 정언(正言), 하내(河內 : 河南 沁陽) 사람. 천보(天寶) 2년에 진사에 합격했다. 건원(乾元) 원년에 예부낭중(禮部郎中)이 되어서 하구(夏口)로 사행을 가면서, 이백(李白)과 면주(沔州) 남호(南湖)를 유람했다. 대력(大曆) 2년(767)에 담주자사(潭州刺史)가 되었다. 나중에 예부시랑(禮部侍郎)을 지냈다.
『당재자전』에 "장위는 시를 잘 지었는데, 격도(格度)가 엄밀하고, 어치(語致)가 정심(精深)하고, 격절(擊節)하게 하는 뜻이 많다"고 했다.

2) 冬(동) : 『전당시』에 '춘(春)'으로 되어 있고, '일작동(一作冬)'이라 했다.

【참고】

○ 석명강(釋明綱) : 명나라 승려. 자는 종랑(宗朗), 글씨에 뛰어나서 숭정(崇禎) 10년(1637)에 〈난기편축(欒志篇軸)〉을 썼다.

三日尋李九莊　常建

雨歇楊林東渡頭
永和三日蕩輕舟
故人家在桃花岸
直到門前溪水流

希林 陸維謙

陸維謙

삼일에 이구의 별장을 방문하다

三日尋李九莊[1]

상건(常建)[2]

雨歇楊林東渡頭　　비 그친 버들 숲 동쪽 나루 앞
永和三日盪輕舟[3]　　영화 삼일에 가벼운 배 출렁이네
故人家在桃花岸[4]　　벗의 집이 복사꽃 언덕에 있는데
直到門前溪水流　　곧장 문전 개울물 흐름에 이르네

【주석】

1) 三日(삼일) : 음력 3월 상순 사일(巳日)을 상사절(上巳節)이라 한다. 위진(魏晉) 이후 보통 3월 3일에 이 명절을 지냈다.

2) 상건(常建) : 장안(長安) 사람. 개원(開元) 15년(727)에 진사에 합격했다. 대력(大曆, 766-779) 중에 우태위(盱眙尉 : 안휘성)를 지냈다. 곧 벼슬을 버리고 방랑하다가 악저(鄂渚 : 武昌)에 우거(寓居)하여 왕창령(王昌齡)과 장분(張僨)을 불러 함께 은거했다.

3) 永和三日(영화삼일) : 영화는 진목제(晉穆帝)의 연호. 왕희지(王羲之)의 「난정시서(蘭亭詩序)」에 "永和九年歲在癸丑, 暮春之初, 會於會稽山陰之蘭亭, 修禊事也"라고 했음. 영화 9년은 353년이다.

4) 桃花岸(도화안) : 도연명(陶淵明)의 「도화원기(桃花源記)」의 무릉도원(武陵桃源)을 암용(暗用)한 것이다.

春行寄興 李華

宜陽城下草萋萋澗水
東流復向西芳樹無人
花自落春山一路鳥空
啼

錢塘何之元

봄에 거닐며 흥을 붙이다

春行寄興

이화(李華)[1)]

宜陽城下草萋萋[2)]　　의양성 아래 풀 우거지고
澗水東流復向西　　개울물은 동으로 흐르다 다시 서쪽을 향하네
芳樹無人花自落　　향기로운 나무는 사람도 없는데 꽃이 절로 지고
春山一路鳥空啼　　봄 산 한 길에서 새가 공연히 우네

【주석】

1) 이화(李華) : 715-774. 자는 하숙(遐叔), 조주(趙州) 찬황(贊皇 : 하북성) 사람. 개원(開元) 23년(735)에 진사에 합격했다. 천보(天寶) 연간에 감찰어사(監察御史)를 지내고 우보궐(右補闕)이 되었다. 안록산이 경사를 함락시켰을 때 현종을 호종하지 못하고, 적에게 억류되어 강제로 벼슬을 받았다. 적이 평정된 후 항주사호참군(杭州司戶參軍)으로 쫓겨났다가 강산에 은거했다. 나중에 이현(李峴) 아래에서 강남(江南)의 검교이부원외랑(檢校吏部員外郎)을 지내다가 풍비(風痹)로 인하여 관직을 떠났다. 대력(大曆) 초에 사망했다.
이화는 시문으로 소영사(蕭穎士)와 제명하여 '소리(蕭李)'로 불렸는데 한유와 유종원의 선구(先驅)였다.
2) 宜陽城(의양성) : 지금의 하남성 낙양시(洛陽市) 의양현(宜陽縣).

採蓮詞　張潮

朝出沙頭日正紅
晚來雲起半江中
賴逢鄰女曾相識
並著蓮舟不畏風

姚江戴士英

滄海遺珠

채련사

採蓮詞 장조(張朝)[1)]

朝出沙頭日正紅	아침에 모래밭 머리로 나온 해가 진정 붉고
晩來雲起半江中	저녁에 구름 일어나 강 반쯤에 있네
賴逢鄰女曾相識	다행히 이웃 여자 만나니 일찍이 아는 사이인데
並著蓮舟不畏風	연밥 따는 배를 나란히 붙이고 바람을 겁내지 않네

【주석】

1) 장조(張朝) : 장조(張潮)라고도 한다. 곡아(曲阿 : 江蘇 丹陽縣) 사람. 호는 조양산인(朝陽山人)이다. 당나라 숙종(肅宗)과 대종(代宗) 때 활약했다. 대략 대력(大曆) 연간(766-779)에 처사로 지냈다.

蔡冲寰寫

南中感懷 樊晃

南路蹉跎客未回常
嗟物候暗相催四時不
變江頭草十月先開嶺
上梅 朱煒然

남쪽에서 감회가 있어서

南中感懷

번황(樊晃)[1)]

南路蹉跎客未回　　남쪽 길 어긋나서 나그네 돌아가지 못하니
常嗟物候暗相催　　항상 물후가 몰래 재촉함을 탄식하네
四時不變江頭草　　사철 변치 않는 강 머리 풀인데
十月先開嶺上梅[2)]　　시월에 고개 위 매화가 먼저 피었네

【주석】

1) 번황(樊晃) : 그 이름이 번면(樊冕), 번광(樊光), 초면(楚冕) 등으로 잘못 전한다. 군망(郡望)은 남양(南陽) 호양(湖陽 : 河南 唐河 西南 湖陽鎭)이고, 구용(句容) 사람이다. 현종(玄宗) 개원(開元) 연간에 진사에 합격하고, 또 중서판발췌과(中書判拔萃科)에 합격했다. 대력(大曆) 연간에 협석주부(硤石主簿)를 지내고, 사부(祠部), 탁지원외랑(度支員外郎)을 지냈다. 천보(天寶) 연간에 정주자사(汀州刺史), 병부원외랑(兵部員外郎)을 지냈다. 일찍이 두보(杜甫)의 시를 모아 『두보소집(杜甫小集)』을 편찬했는데 두시(杜詩) 290수를 수록하고, 아울러 「두공부소집서(杜工部小集序)」를 지었다. 이는 두시집본(杜詩集本)의 원조이다.

2) 嶺(령) : 대유령(大庾嶺)을 말한다. 유령(庾嶺), 대령(臺嶺), 매령(梅嶺), 동교산(東嶠山) 등으로 불린다. 강서성과 광동성 변경에 위치함.

桃花磯

張顛

隱隱飛橋隔野烟石磯西
畔問漁船桃花盡日隨
流水洞在清溪何處邊

朱杰

도화기

桃花磯[1] 장전(張顚)[2]

隱隱飛橋隔野烟　　은은한 높은 다리가 들안개에 가렸는데
石磯西畔問漁舡[3]　　강가 바위 서쪽에서 어선에게 물어보네
桃花盡日隨流水　　복사꽃이 종일 물 따라 흘러오는데
洞在清谿何處邊　　맑은 개울 있는 골짜기가 어느 곳이오?

【주석】

1) 桃花磯(도화계) : 『전당시』에는 '도화계(桃花谿)'로 되어 있다. 도화계는 호남(湖南) 상덕부(常德府) 도원현(桃源縣) 서남쪽 25리에 있다.

2) 장전(張顚) : 장욱(張旭)을 말한다. 소주(蘇州) 오군(吳郡 : 강소성 蘇州) 사람. 술을 좋아하고 초서를 잘 썼다. 신룡(神龍) 초에 하지장(賀知章) · 포융(包融) · 장약허(張若虛) 등의 오월문사(吳越文士) 등과 함께 문사(文詞)로 경사에까지 명성을 떨쳤다. 이들 모두를 '오중사사(吳中四士)'라고 불렀다. 세상에서 장전(張顚)이라 불렀다. 상숙위(常熟尉)를 지냈다. 당시 이백(李白)의 가시(歌詩)와 장욱의 초서(草書)와 배민(裵旻)의 검무(劍舞)를 삼절(三絶)이라 했다.

3) 舡(강) : 『전당시』에는 '선(船)'으로 되어 있다.

暮春歸故山草堂 錢起

谷口春殘黃鳥稀辛夷花
盡杏花飛獨憐幽竹山牕
下不改清陰待我歸

新安俞文龍

늦봄에 고향 산 초당으로 돌아가다

暮春歸故山草堂 전기(錢起)

谷口春殘黃鳥稀　골짜기 입구 늦봄에 꾀꼬리 소리 드물고
辛夷花發杏花飛[1)]　신이화는 지고 살구꽃이 날리네
獨憐幽竹山窓下[2)]　비로소 산창 아래 그윽한 대숲을 사랑하니
不改清陰待我歸　맑은 그늘 변치 않고 내 귀가를 기다렸네

【주석】

1) 辛夷花(신이화) : 목련꽃. 發(발) : 『전당시』에는 '진(盡)'으로 되어 있다.

2) 獨(독) : 『전당시』에는 '시(始)'로 되어 있다.

柏林寺南望

谿上遙聞精舍鐘
泊舟微徑度深松
青山霽後雲猶在
畫出西南四五峰

백림사에서 남쪽을 바라보다

柏林寺南望[1]　　　　낭사원(郎士元)[2]

溪上遙聞精舍鐘　　개울가에서 정사의 종소리를 멀리 듣고
泊舟微徑度深松　　오솔길에 배를 대고 깊은 솔숲을 지나네
青山霽後雲猶在　　푸른 산에 비 갠 후 구름은 아직 남아서
畵出西南四五峰[3]　　동남 너댓 봉우리를 그려내네

【주석】

1) 백림사(柏林寺) : 하북(河北) 조현(趙縣) 백림선사(柏林禪寺). 한헌제(漢獻帝) 건안(建安) 연간(196-220)에 건립되었다.

2) 낭사원(郎士元) : 자는 군주(君胄), 중산(中山) 사람. 천보(天寶) 15년(756)에 진사가 되었다. 보응(寶應, 762-763) 초에 기현관(畿縣官)으로 뽑히고, 위남위(渭南尉)를 거쳐 우습유(右拾遺)를 지냈다. 나가서 영주자사(郢州刺史)가 되었다. 낭사원의 시는 전기(錢起)와 제명(齊名)하여 전랑(錢郎)이라 불렸다.

3) 西(서) : 『전당시』에는 '동(東)'으로 되어 있고, 그 주(注)에 일작 '서(西)'라고 했다.

秋草黃花覆古阡
隔林何處起人煙
山僧獨在山中老
唯有寒松見少年

尋盛禪師蘭若 劉長卿

성선사의 절을 찾아가다

尋盛禪師蘭若[1)]

유장경(劉長卿)[2)]

秋草黃花覆古阡[3)]　가을 풀 국화가 옛 길을 덮고
隔林何處起人煙　숲 너머 어디서 밥 짓는 연기가 오르는가
山深獨在山中老[4)]　산승은 홀로 산중에서 늙어가는데
唯有寒松見少年[5)]　오직 찬 소나무가 소년을 보네

【주석】

1) 蘭若(난야) : 불교의 사찰.

2) 유장경(劉長卿) : 709-780?. 자는 문방(文房), 하간(河間 : 지금의 하북성 河間縣) 사람. 개원(開元) 21년(733)에 진사가 되었다. 숙종(肅宗) 지덕(至德) 연간에 감찰어사(監察御使)를 지냈다. 검교사부원외랑(檢校祠部員外郎)으로서 전운사판관(轉運使判官)되어 회남(淮南)과 악악(鄂岳)의 전운유후(轉運留後)를 맡았다. 악악관찰사(鄂岳觀察使) 오중유(吳仲孺)의 무고를 당하여 반주(潘州) 남파위(南巴尉)로 좌천되었다. 때마침 그를 변호해 준 사람이 있어서 목주사마(睦州司馬)에 임명되었고, 수주자사(隨州刺史)로 관직을 마쳤다.

유장경은 상원(上元)·보응(寶應) 연간에 시명을 날렸다. 후인들은 그를 성당 시인 혹은 대력십재자(大曆十才子)로 대했다. 특히 오언율시에 뛰어났는데, 권덕여(權德輿)는 그를 '오언장성(五言長城)'이라 불렀다. 전기(錢起)와 함께 '전류(錢劉)'라고 병칭되었다.

3) 黃花(황화) : 국화(菊花).

4) 深(심) : 『전당시』에는 '승(僧)'으로 되어 있다. 번역은 '승'으로 하였다.

5) 寒松(한송) : 겨울에도 시들지 않는 소나무.

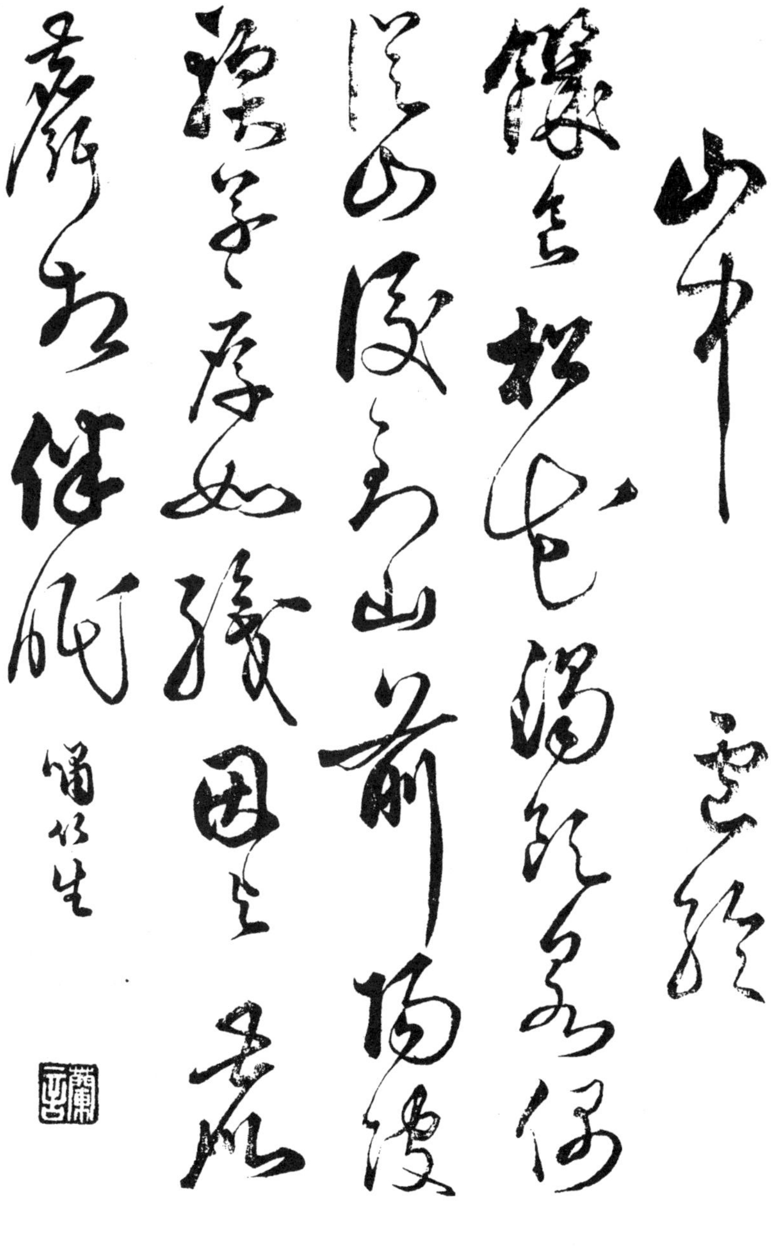

산중

山中[1]

노륜(盧綸)[2]

饑食松花渴飮泉	배고프면 송화를 먹고 목마르면 샘물 마시며
偶從山後到山前	우연히 산 뒤에서 산 앞으로 왔네
陽坡軟草厚如織	양지바른 언덕에 부드러운 풀이 베처럼 두터워
因與鹿麛相伴眠	사슴들과 서로 동반하여 잠을 자네

【주석】

1) 山中(산중) : 『전당시』에는 '산중일절(山中一絶)'로 되어 있다.

2) 盧綸(노륜) : 자는 윤언(允言), 하중(河中) 포(蒲 : 산서성 영제현(永濟縣) 사람. 대력십재자(大曆十才子) 중의 한 사람이다.

題開聖寺　李涉

宿雨初收草木濃羣鴉
飛撒下堂鐘長廊無事
僧歸院盡日門前獨看
松

西天目僧賓

개성사에 적다

題開聖寺[1]

이섭(李涉)[2]

宿雨初收草木濃　　묵은 비 처음 개고 초목 무성한데
羣鴉飛散下堂鐘　　까마귀 떼 날아 흩어지고 하당에 종소리 울리네
長廊無事僧歸院　　장랑엔 일 없어 승려는 원으로 돌아가고
盡日門前獨看松　　종일 문전에서 홀로 소나무를 보네

【주석】

1) 開聖寺(개성사) : 윤주(潤州 : 江蘇 鎭江) 단양(丹陽)에 있는 절. 남조(南朝) 때 건립되었다.

2) 이섭(李涉) : 약 806년 전후에 살았다. 자호는 청계자(淸溪子), 낙양(洛陽) 사람. 헌종(憲宗) 때 태자통사사인(太子通事舍人)을 지내고, 협주(峽州 : 湖北 宜昌) 사창참군(司倉參軍)으로 좌천되어 10년 간 있었다. 문종(文宗) 태화(827-835) 때 국자박사(國子博士)를 지냈다.

羽林少年行　韓翃

駿馬牽來御柳中鳴
鞭欲向渭橋東紅蹄
亂蹋春城雪花頷嬌嘶
上苑風　偉林王鎮

우림소년행

羽林少年行[1]

한굉(韓翃)[2]

駿馬牽來御柳中	준마를 끌고 와 궁중 버들에 매놓고
鳴鞭欲向渭橋東[3]	채찍 휘둘러 위교 동쪽을 향하려 하네
紅蹄亂踏春城雪	붉은 말굽은 봄 성의 눈을 어지럽게 밟고
花頷驕嘶上苑風[4]	꽃빛 턱은 상원의 바람 속에 교만하게 우네

【주석】

1) 羽林少年行(우림소년행) : 고악부(古樂府)의 제목. 『전당시』에는 제목이 〈羽林騎(우림기)〉로 되어 있고, 일작 〈羽林少年行(우림소년행)〉이라 했다. 우림은 한(漢)나라 때 금위군(禁衛軍)으로 황제를 호위하는 금군(禁軍)이다.

2) 한굉(韓翃) : 자는 군평(君平), 남양(南陽 : 하남성) 사람. 천보(天寶) 13년(754)에 진사가 되었다. 안사의 난 이후, 후희일(侯希逸)의 막부(幕府)가 되었다. 막부를 마친 후 10년간 벼슬에 나가지 못했다. 다시 이면(李勉)의 종사관을 지내고, 곧 가부랑중지제고(駕部郎中知制誥)로 임명되었다. 중서사인(中書舍人)으로 관직을 마쳤다.

한굉은 시로써 전기(錢起)와 노륜(盧綸) 등과 제명하여 대력십재자로 불린다.

3) 渭橋(위교) : 장안(長安) 북쪽 3리에 있는 위수(渭水)의 다리.

4) 上苑(상원) : 상림원(上林苑). 궁궐의 원림.

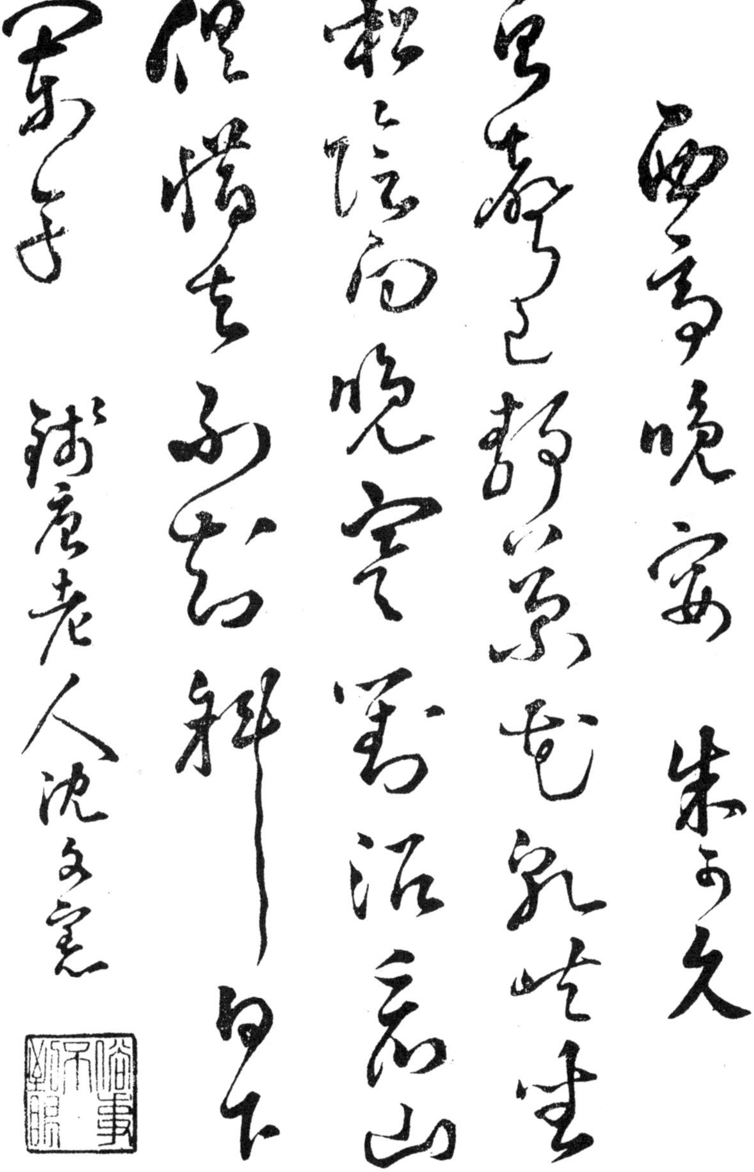

서정의 저녁 연회

西亭晚宴[1)]

주가구(朱可久)[2)]

虫聲已靜菊花乾[3)]　　벌레소리 이미 고요하고 국화 말랐는데
共坐松陰向晚寒[4)]　　함께 솔 그늘에 앉아 추운 저녁을 향하네
對酒看山俱惜去　　술 대하고 산을 보며 서로 떠나기를 애석해하며
不知斜月下闌干[5)]　　기운 달이 난간에 내려온 줄도 몰랐네

【주석】

1) 西亭晚宴(서정만연) : 『전당시』에는 〈劉補闕西亭晚宴(유보궐서정만연)〉로 되어 있다.

2) 주가구(朱可久) : 약 840년 전후에 활약했다. 자는 경여(慶餘), 일설에는 자가 가구(可久)라고 한다. 민중(閩中) 사람. 일설에는 월주(越州) 사람이라고 한다. 문종(文宗) 개성(開成, 836-840) 말에 생존했다. 보력(寶曆) 2년(826)에 진사에 합격하고 비성교서(秘省校書)를 지냈다.

3) 靜(정) : 『전당시』에는 '진(盡)'으로 되어 있다.

4) 坐(좌) : 『전당시』에는 '입(立)'으로 되어 있다.

5) 闌干(난간) : 난간(欄干).

詠蘭　聚慶

天產奇葩在空谷
佳人作佩有餘香
自是淡粧人不識
任他紅紫鬧芬芳

甲寅冬日阿凍書時在聽雪齋
常林自去沈鼎新

난을 읊다

詠蘭[1]

배도(裵度)

天産奇葩在空谷	하늘이 낸 기이한 꽃이 빈 골짜기에 있는데
佳人作佩有餘香	가인이 패용하여 남은 향기가 있네
自是淡妝人不識	이로부터 담박한 화장을 남들은 알지 못하고
任他紅紫鬪芬芳	저들 붉은색 자색의 꽃들이 향기를 다투도록 하네

【주석】

1) 詠蘭(영란) : 이 시는 명(明)나라 때의 시로 짐작될 뿐 작가도 알 수 없다. 당나라 배도(裵度)와 상관이 없는 작품이다. 명나라 서화가 서위(徐渭, 1521-1593)의 〈행초칠언시축(行草七言詩軸)〉으로 전하는 작품인데, 지본(紙本, 188.9×46.8cm)에 쓴 글씨로서, 대북고궁박물원(台北故宮博物院)에서 수장하고 있다.

蔡冲寰寫

汴河曲

汴水東流無限春隋家宮
闕已成塵行人莫向長堤望
風起楊花愁殺人

新安汪元遇

汪氏元遇

변하곡

汴河曲[1]

이익(李益)

汴水東流無限春　　변수는 동으로 흐르고 무한한 봄인데
隋家宮闕已成塵　　수나라 궁궐은 이미 먼지가 되었네
行人莫上長堤望[2]　　행인은 긴 제방에 올라가 보지 마오
風起楊花愁殺人　　바람이 버들꽃을 날려서 수심 짓게 하리라

【주석】

1) 汴河(변하) : 『원화군현지(元和郡縣志)』에 "하남도(河南道) 변주(汴州) 준의현(浚儀縣) : 수양제(隋煬帝)가 강도(江都)까지 통하게 하려고 대량성(大梁城)에서 서남으로 운하를 파서 변수(汴水)를 끌어왔는데, 곧 낭탕거(蒗宕渠)이다"라고 했다.

2) 長堤(장제) : 수제(隋堤)를 말한다. 낭탕거(蒗宕渠)는 지금의 통제거(通濟渠)인데, 수양제가 통제거와 한구하(邗溝河) 양안에 어도(御道)를 수축하고 버드나무를 심었다. 이를 수제라고 불렀다.

昌谷新竹 李賀

籜落長竿削玉開君看
母筍是龍材更容一夜抽
千尺別却池園數寸埃

雨林沈鼎新

沈鼎新

창곡의 새 대나무

昌谷新竹[1] 이하(李賀)[2]

籜落長竿削玉開	대껍질 떨어진 긴 대가 옥을 깎아 열리니
君看母笋是龍材[3]	그대 보구려 큰 죽순이 용의 재질이었네
更容一夜抽千尺	다시 하룻밤에 천 길로 자라나서
別却池園數寸埃[4]	못가 정원의 수 촌의 먼지를 떨어내네

【주석】

1) 昌谷新竹(창곡신죽) : 『전당시』에는 〈昌谷北園新笋四首〉로 되어 있다. 4수 중 한 수이다.

2) 이하(李賀) : 790-816. 자는 장길(長吉), 복창(福昌 : 하남성 宜陽縣) 창곡(昌谷) 사람. 정왕(鄭王 : 唐高祖의 아들 亮)의 후손. 그의 부친의 이름이 진숙(晉肅)이었는데, 진(晉)과 진사(進士)의 진(進)이 발음이 같아서 부친의 이름을 피휘(避諱)하여 진사시(進士試)에 응하지 않았음. 나중에 협률랑(協律郞)을 지냈음. 27세에 요절했음.
『구당서(舊唐書』에 "이하는 …… 수필(手筆)이 민질(敏疾)하고, 더욱 가편(歌篇)에 뛰어났다. 그 문사(文思)와 체세(體勢)는 높은 바위산과 가파른 절벽이 만 길로 굴기(屈起)하는 듯하다. 당시 문사들이 좇아서 본받았으나 비슷할 수 있는 자가 없었다. 그 악부(樂府) 수십 편은 운소(雲韶 : 教坊)의 악공(樂工)들이 풍송(諷誦)하지 않음이 없었다. 태상시협률랑(太常寺協律郞)에 보임(補任)되었다"고 했다.
엄우(嚴羽)의 『창랑시화(滄浪詩話)』에 "사람들은 태백(太白 : 李白)은 선재(仙才)이고, 장길(長吉)은 귀재(鬼才)라고 말하지만, 그렇지 않다. 태백은 천선(天仙)의 사(詞)이고, 장길은 귀선(鬼仙)의 사일 뿐이다"라고 했다.

3) 母笋(모순) : 대순(大笋). 큰 죽순. 龍材(용재) : 진(晉)나라 갈홍(葛洪)의 『신선전(神仙傳) · 호공(壺公)』에 "비장방(費長房)이 집에 도착하지 못할까 근심하

자, 호공이 대나무 지팡이 하나를 그에게 주면서 말하기를 '이를 타고 가면 집에 도착할 것이다'고 했다. 비장방이 대나무 지팡이를 타고 떠났다. 문득 잠이 들었는데 이미 집에 도착했다. …… 타고 왔던 대나무 지팡이를 갈피(葛陂) 안에 버렸는데 살펴보니 곧 청룡(青龍)이었다"고 했다.

4) 埃(애) : 『전당시』에는 '니(泥)'로 되어 있음.

秋夕 竇鞏

護霜雲暎月朦朧烏
鵲爭飛井上桐夜半
酒醒人不覺滿池荷
葉動秋風

王汝謙書

가을 저녁

秋夕

두공(竇鞏)[1]

護霜雲映月朦朧[2]	서리 맺히고 구름 비추고 달 몽롱한데
烏鵲爭飛井上桐	오작은 우물가 오동나무에 다투어 나네
夜半酒醒人不覺	한밤중에 술 깨어 사람은 깨닫지 못하는데
滿池荷葉動秋風	못에 가득한 연잎에 가을바람이 부네

【주석】

1) 두공(竇鞏) : 762-821. 자는 우봉(友封), 경조(京兆) 금성(金城) 사람이다. 원화(元和) 2년(807)에 진사에 합격하고, 시어사(侍御史), 사훈원외(司勳員外), 형부낭중(刑部郎中) 등을 지냈다. 원진(元稹)이 제동(淛東)을 관찰(觀察)할 때 부사(副使)가 되었다. 나중에 악저(鄂渚)에서 은거했다.

2) 護霜(호상) : 서리를 맺게 하는 것. 남방의 방언이다.

冲寰
蔡氏元勳

廬山瀑布 徐凝

虛空落泉千仞直雷奔
入江不暫息千古長如
白練飛一條界破青
山色

慧生汪墨

여산폭포

廬山瀑布[1] 서응(徐凝)[2]

虛空落泉千仞直	허공에서 떨어지는 폭포가 천 길로 곧은데
雷奔入江不暫息	천둥소리 강으로 들어가며 잠시도 쉬지 않네
千古長如白練飛[3]	천고에 흰 비단 날리 듯 길고
一條解破靑山色	한 줄기가 푸른 산색을 깨뜨리네

【주석】

1) 廬山瀑布(여산폭포) : 강서성(江西省) 구강시(九江市) 여산(廬山)에 있는 폭포.

2) 서응(徐凝) : 목주(睦州) 사람. 헌종(憲宗) 원화(元和) 연간(806-820)에 시랑(侍郎)을 지냈다. 백거이(白居易), 원진(元稹), 한유(韓愈) 등과 잠시 교유한 적이 있다.

3) 千(천) : 『전당시』에는 '금(今)'으로 되어 있다.

西宮秋怨　王昌齡

芙蓉不及美人粧水殿風來
珠翠香卻恨含情掩秋
扇空懸明月待君王

虎林錢旭

서궁의 가을 원망

西宮秋怨[1]

왕창령(王昌齡)

芙蓉不及美人妝　　부용도 미인의 단장에 미치지 못하고
水殿風來珠翠香　　물가 정전에 바람 부니 진주 비취에 향기 나네
却恨含情掩秋扇[2]　　품은 정을 가을 부채로 가림을 도리어 한스러워하며
空懸明月待君王　　허공에 밝은 달이 뜨니 군왕을 기다리네

【주석】

1) 西宮(서궁) : 비빈(妃嬪)들이 거처하는 궁궐을 말한다.

2) 却恨含情(각한함정) : 『전당시』에는 '수분함제(誰分含啼)'로 되어 있다.

【참고】

○ 전욱(錢旭) : 자는 이문(夷門), 천계(天啓) 2년(1622)에 진사에 합격했다. 시호는 충민(忠敏), 산수를 잘 그렸다.

沖霄
沖霄圖書

郡中卽事

羊士諤

紅衣落盡暗香殘葉
上秋光白露寒越女含
情已無限莫敎長袖
倚闌干

董其昌

董氏玄宰

군 안에서 즉석에서 짓다

郡中卽事[1] 양사악(羊士諤)[2]

紅衣落盡暗香殘[3] 붉은 꽃 떨어지고 은근한 향 남았는데
葉上秋光白露寒 잎 위 가을빛에 흰 이슬이 차갑네
越女含情已無限[4] 월녀는 머금은 정이 무한한데
莫教長袖倚欄干 긴 소매로 난간에 기대게 하지 마오

【주석】

1) 郡中卽事(군중즉사) : 3수 중 한 수 이다. 『전당시』의 주에 제목을 일작 〈玩荷花(완하화)〉라고 했다.

2) 양사악(羊士諤) : 약 762-819. 태안(泰安) 태산(泰山 : 山東) 사람. 정원(貞元) 원년(785)에 진사에 합격하고, 순종(順宗) 때 선흡순관(宣歙巡官)을 지냈다. 나중에 감찰어사(監察御史), 지제고(掌制誥) 등을 지내고 자주자사(資州刺史)를 지냈다.

3) 紅衣(홍의) : 꽃잎을 형용한 말이다.

4) 越女(월녀) : 월 지방의 여인. 미녀를 형용한 말이다.

【참고】

○ 동기창(董其昌) : 1555-1636. 명나라 서화가. 자는 현재(玄宰), 호는 사백(思白), 향광거사(香光居士). 송강(松江) 화정(華亭 : 上海 閔行區 馬橋) 사람이다. 만력(萬曆) 17년(1589)에 진사에 합격하고 한림원편수(翰林院編修)가 되고, 남경예부상서(南京禮部尚書)를 지냈다. 시호는 문민(文敏)이다. 산수를 잘 그렸다. 동원(董源), 거연(巨然), 황공망(黃公望), 예찬(倪瓚)을 배웠는데, 필치(筆致)는 청수중화(淸秀中和)하고 염정소광(恬靜疏曠)하였고, 용묵(用墨)은 명결

준랑(明潔雋朗)하고 온돈담탕(溫敦淡蕩)했다. 청록설색(靑綠設色)은 고박전아(古樸典雅)했다. 불가(佛家)의 선종(禪宗)으로써 그림을 비유했는데 '남북종(南北宗)'론을 제창하고 '화정화파(華亭畫派)'의 걸출한 대표였다. 그 그림과 화론은 명나라 말과 청나라 초의 화단에 막대한 영향을 미쳤다. 서법은 진(晉)나라와 당(唐)나라에 출입했는데 스스로 한 격을 이루었다. 시문에도 능했고, 그의 서법은 '안골조자(顔骨趙姿 : 顔眞卿(안진경)의 글자 골력의 강건함과 趙孟頫(조맹부)의 글자 모습의 아름다움)'의 미를 겸했다는 평을 들었다.

작품으로 〈암거도(岩居圖)〉, 〈추흥팔경도(秋興八景圖)〉, 〈주금당도(晝錦堂圖)〉 등이 전하고, 저서로 『화선실수필(畫禪室隨筆)』, 『용태문집(容台文集)』 등이 있다.

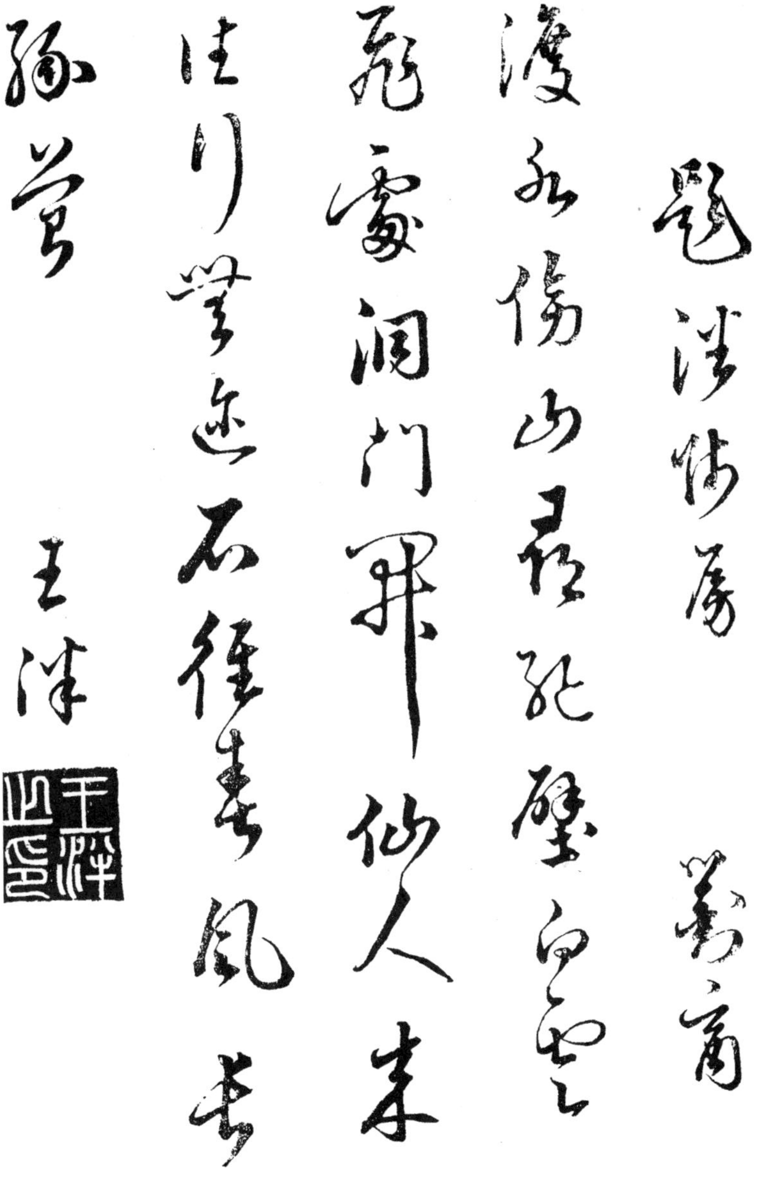

題潘師房　劉商

渡水傍山尋石壁白雲
飛處洞門開仙人來
往行無跡石徑春風長
綠苔

王洋

王洋之印

반사의 방에 적다

題潘師房[1]　　　　유상(劉商)[2]

渡水傍山尋絶壁[3]	물 건너 옆 산에서 절벽을 찾으니
白雲飛處洞門開[4]	흰 구름 나는 곳 동문이 열렸네
仙人來往行無跡	선인의 왕래에 가는 자취 없고
石徑春風長綠苔	돌길의 봄바람에 초록 이끼 자랐네

【주석】

1) 題潘師房(제반사방) : 『전당시』 304권에 실려 있는데, 또 310권에 우곡(于鵠)의 이름 아래 〈題合溪乾洞(제합계건동)〉이란 제목으로 실려 있고, 그 주에 "또한 유상집(劉商集)에 보이며, 제목은 〈題潘師房〉이다"라고 했다. 송나라 홍매(洪邁)의 『만수당인절구(萬首唐人絶句)』와 고병(高棅)의 『당시품휘(唐詩品彙)』에는 작가가 유상으로 되어 있다.

2) 유상(劉商) : 자는 자하(子夏), 팽성(彭城 : 江蘇 徐州) 사람. 대력(大曆) 연간(766-779)에 진사에 합격하여 예부낭중(禮部郎中)이 되었다. 문장과 그림에 능했고, 시는 악부(樂府)를 잘 지었다.

3) 絶(절) : 『전당시』에는 '석(石)'으로 되어 있다.

4) 門(문) : 『전당시』에는 '천(天)'으로 되어 있다.

宮詞 庾肩吾

黃鳥啼所嘗日高紅光開
盡井邊桃美人手暖裁衣
易片片輕花落剪刀

吳興丁日昆大儒書

춘사

春詞

시견오(施肩吾)[1)]

黃鳥啼時春日高　　꾀꼬리 울 때 봄날이 무르익었는데
紅芳發盡井邊桃　　붉은 꽃이 활짝 핀 우물가 복사꽃이네
美人手暖裁衣易　　미인의 손 따뜻하여 옷 재단이 쉽고
片片輕花落剪刀　　작은 가벼운 꽃잎이 가위에 떨어지네

【주석】

1) 시견오(施肩吾) : 780-861. 자는 희성(希聖), 호는 동재(東齋), 입도(入道) 후에는 서진자(棲眞子)라 칭했다. 목주(睦州) 분수현(分水縣) 동현향(桐峴鄕) 사람이다. 헌종(憲宗) 원화(元和) 15년(820)에 진사가 되었다. 이 시는 『전당시』 494권에 실려 있는데, 『전당시』 493권에는 제목을 〈春詞酬元微之(춘사수원미지)〉라고 하고, 심아지(沈亞之)의 시인데, 그 주에 "일작 시견오의 시"라고 했다. 심아지는 자가 하현(下賢) 오홍(吳興) 사람이다. 원화(元和) 10년(816)에 진사가 되고, 전중승어사(殿中丞御史), 내공봉(內供奉)을 지내고, 태화(太和, 827-835) 초에 남강위(南康尉), 영주연(郢州掾)을 지냈다.

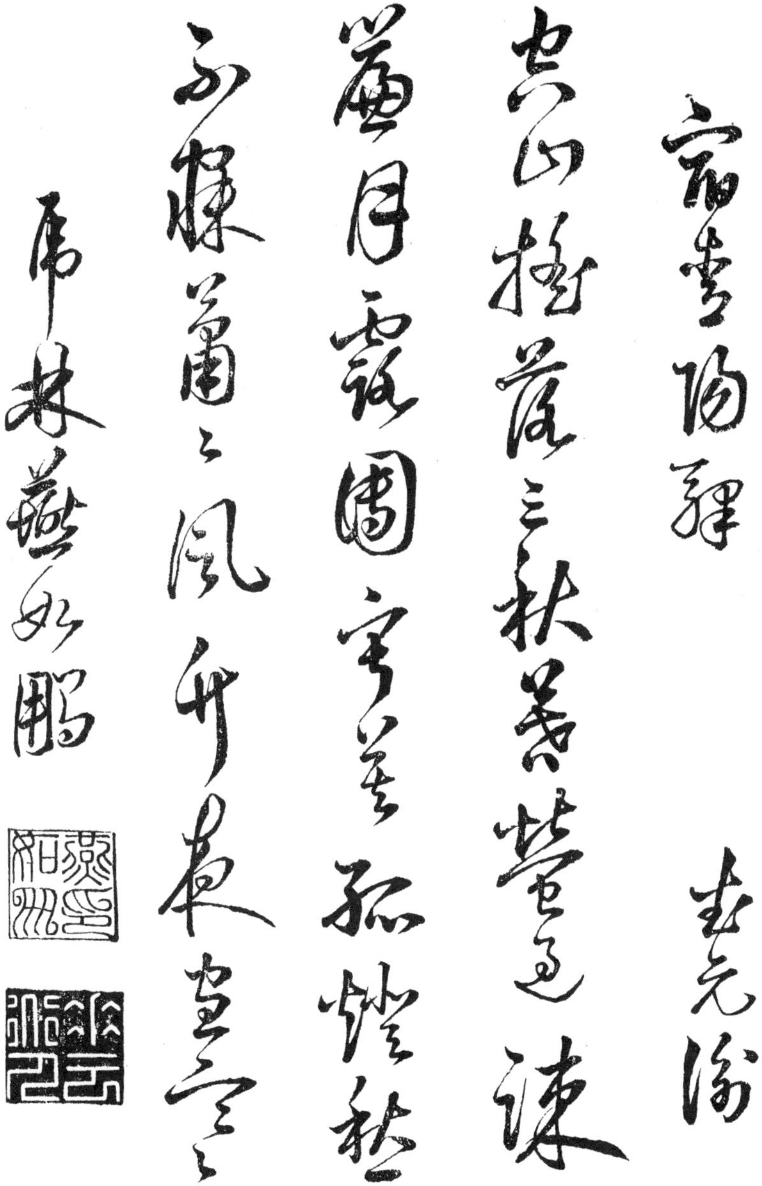

청양역에 묵다

宿靑陽驛[1)]

무원형(武元衡)[2)]

空山搖落三秋暮　　빈산에 낙엽 지고 가을이 저무는데
螢過疎籬月露團　　반딧불은 성근 울타리 지나고 달빛 속 이슬은 둥그네
寂寞孤燈愁不寐[3)]　　적막한 외로운 등불 아래 근심 속 잠 못 이루는데
蕭蕭風竹夜窓寒　　쏴쏴 댓바람소리 밤 창문이 차갑네

【주석】

1) 靑陽驛(청양역) : 청양현(靑陽縣)에 있는 역이다. 안휘성(安徽省) 지주시(池州市) 관내의 현. 장강(長江) 하류 남안(南岸)과 환남산(皖南山) 북부에 위치한다.

2) 무원형(武元衡) : 758-815. 자는 백창(伯蒼), 구씨(緱氏 : 河南 偃師 東南) 사람이다. 무측천(武則天)의 증질손(曾侄孫)이다. 건중(建中) 4년(783)에 진사에 합격하여 감찰어사(監察御史)를 지내고, 화원현령(華原縣令)이 되었다. 덕종(德宗) 때 비부원외랑(比部員外郎), 우사랑중(右司郎中), 어사중승(御史中丞)을 지냈다. 순종(順宗) 때 우서자(右庶子)로 강등되고, 헌종(憲宗) 때 호부시랑(戶部侍郎)을 지냈다. 원화(元和) 2년(807)에 문하시랑평장사(門下侍郎平章事), 검남절도사(劍南節度使)를 지냈다. 나중에 평로절도사(平盧節度使) 이사도(李師道)가 보낸 자객에게 살해당했다.

3) 孤(고) : 『전당시』에는 '은(銀)'으로 되어 있고, 일작 '고(孤)'라고 했다.

歸燕獻主司 章孝標

舊壘危巢泥已落今年故向社前歸連雲大廈無棲處更傍誰家門下飛

菊佳子書

귀연 시를 주사에게 올리다

歸燕獻主司[1)]

장효표(章孝標)[2)]

舊壘危巢泥已落　　옛 보루 높은 둥지엔 진흙이 이미 떨어져서
今年故向社前歸[3)]　　금년에 일부러 춘사 전에 돌아왔네
連雲大厦無棲處　　구름에 이어진 큰 집엔 머물 곳이 없으니
更傍誰家門户飛[4)]　　다시 누구 집 문호를 돌며 나는가

【주석】

1) 歸燕獻主司(귀연헌주사) : 『전당시』에는 〈歸燕詞辭工部侍郎〉이라고 하고, 일작 〈下第後獻主司〉라고 했다.

2) 장효표(章孝標) : 791-873. 자는 도정(道正), 장팔원(章八元)의 아들이고, 장갈(章碣)의 부친이다. 원화(元和) 14년(8190)에 진사에 낙방하고 장안(長安)에서 남쪽으로 귀향할 때 지은 시이다. 나중에 태화(太和) 연간에 산남도종사(山南道從事)을 지내고, 대리시평사(大理寺評事)를 거쳐 비서성정자(秘書省正字)를 지냈다.

3) 社前(사전) : 춘사(春社) 이전. 제비는 춘사일(春社日)에 강남을 떠났다가 추사일(秋社日)에 돌아온다고 한다. 춘분과 추분에서 가장 가까운 무일(戊日)을 각각 춘사일과 추사일이라고 한다.

4) 傍(방) : 『전당시』에는 '망(望)'으로 되어 있고, 일작 '방(傍)', 일작 '요(繞)'라고 했다.

寄諸弟

韋應物

秋草生庭白露時
故園諸弟益相思
盡日高齋無一事
芭蕉葉上獨題詩

新安之文戲

여러 아우들에게 부치다

寄諸弟[1]

위응물(韋應物)

秋草生庭白露時　　가을 풀 자란 정원에 흰 이슬 내릴 때
故園諸弟益相思　　고향의 여러 아우들 더욱 생각나네
盡日高齋無一事　　종일 고아한 서재에서 할 일도 없어서
芭蕉葉上獨題詩　　파초 잎 위에 홀로 시를 적네

【주석】

1) 寄諸弟(기제제) : 『전당시』에는 〈閒居寄諸弟(한거기제제)〉라고 했다.

移家別湖上亭 戎昱

好是春風湖上亭柳條藤
蔓繫離情黃鶯久住渾相
識欲別頻啼四五聲

雨林俞之鯨

이사하여 호수의 정자를 떠나다

離家別湖上亭

융욱(戎昱)[1]

好是春風湖上亭　　봄바람 부는 호수 가 정자가 좋은데
柳條藤蔓繫離情　　버들가지 등나무 줄기에 이별의 정을 매었네
黃鶯久住渾相識　　꾀꼬리는 오래 머물러 온통 서로 아는 듯
欲別頻啼四五聲　　이별하려 하니 네댓 번을 자주 우네

【주석】

1) 융욱(戎昱) : 744-800. 형주(荊州) 사람. 보응(寶應) 원년(762)에 진사에 합격하여, 시어사(侍御史), 진주자사(辰州刺史), 건주자사(虔州刺史) 등을 지냈다.

伏翼西洞送人 陳羽

洞裏春晴花正開 看花出洞幾時回 殷勤好去武陵客 莫引世上相逐來

林盛

복기 서동에서 님을 전송하다

伏冀西洞送人[1]

진우(陳羽)[2]

洞裏春晴華正開[3]　골짜기 안 봄이 맑고 꽃이 막 피었는데
看花出洞幾時廻　꽃을 보며 골짜기를 나와 언제 돌아가는가
般勤好去武陵客[4]　은근히 즐겁게 가는 무릉객인데
莫引世上相逐來[5]　세상에서 서로 좇아오게 하지 마오

【주석】

1) 伏冀西洞送人(복기서동송인) : 『전당시』에는 〈伏翼西洞送夏方慶(복익서동송하방경)〉으로 되어 있다.

2) 진우(陳羽) : 강동(江東) 사람. 영일(靈一)과 교유하며 수창했다. 정원(貞元) 8년(792)에 진사에 합격했는데, 한유(韓愈)와 왕애(王涯) 등과 함께 용호방(龍虎榜)이 되었다. 나중에 동궁위좌(東宮衛佐)를 지냈다.

3) 華(화) : 『전당시』에는 '화(花)'로 되어 있다.

4) 武陵客(무릉객) : 도연명(陶淵明)의 「도화원기(桃花源記)」에서 언급한 무릉도원(武陵桃源)을 방문한 객을 말한다.

5) 上(상) : 『전당시』에는 '인(人)'으로 되어 있다.

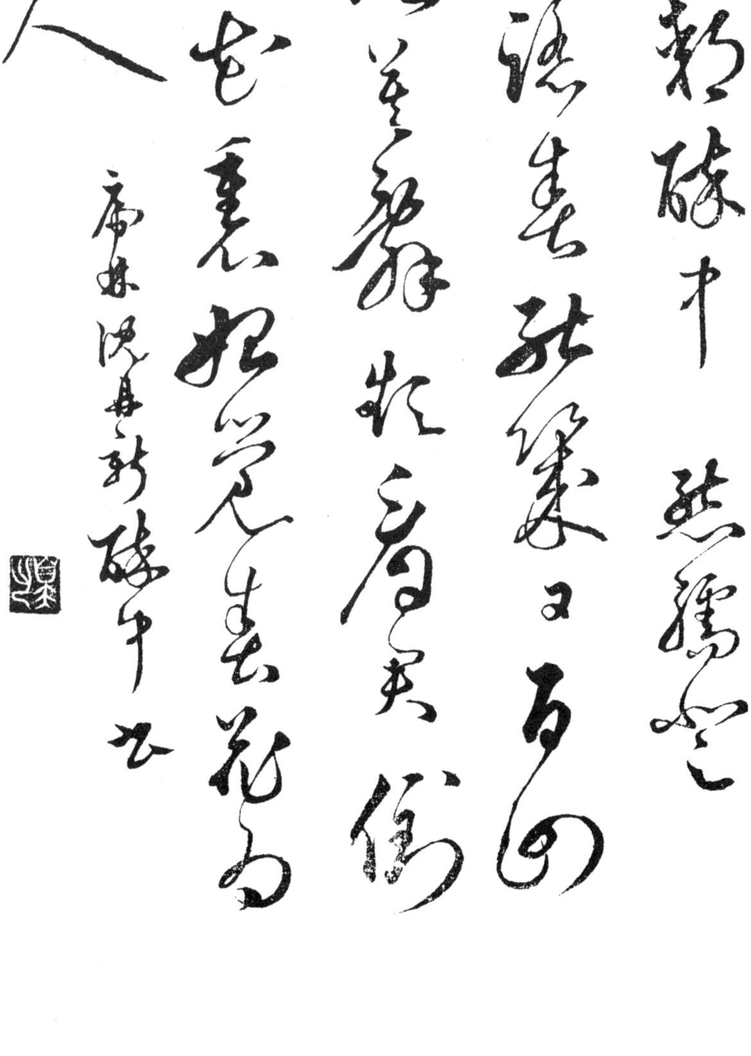

봄 교외에서 취중에

春郊醉中[1]

웅유등(熊孺登)[2]

三月踏青能幾日　　삼월의 답청이 며칠이겠는가
百回添酒莫辭頻　　백 번 술을 더하니 빈번함을 사양 마오
看君倒臥楊花裏　　그대가 버들꽃 속에 누운 것을 보니
始覺春花爲醉人[3]　　비로소 봄꽃이 사람을 취하게 함을 깨닫네

【주석】

1) 春郊醉中(춘교취중) : 『전당시』에는 〈春郊醉中贈章八元(춘교취중증장팔원)〉으로 되어 있다.

2) 웅유등(熊孺登) : 종릉(鍾陵 : 江西省 進賢縣) 사람. 대략 헌종(憲宗) 원화(元和) 연간(806-820) 전후에 활약했다. 원화 연간에 진사에 합격하고, 사천번진(四川藩鎭)의 종사(從事)를 지냈다. 백거이(白居易), 유우석(劉禹錫)과 친하게 지내며 수창했다.

3) 花(화) : 『전당시』에는 '광(光)'으로 되어 있다.

江南春

李約

池塘春暖水紋開隄柳
垂絲間野梅江上年〻芳
意早蓬瀛春色逐潮来

句餘胡以賓書

강남의 봄

江南春

이약(李約)[1]

池塘春暖水紋開　지당에 봄 따뜻하니 물결이 일고
堤柳垂絲間野梅　제방 버들은 가지 늘이고 들 매화가 있네
江上年年芳意早　강가에 해마다 꽃기운이 이른데
蓬瀛春色逐潮來[2]　봉영의 춘색이 조수 따라 오네

【주석】

1) 이약(李約) : 자는 재박(在博), 일작 존박(存博), 정왕(鄭王) 원의(元懿)의 현손(玄孫)이고, 면(勉)의 아들이다. 병부원외랑(兵部員外郎)을 지냈다. 해서와 예서를 잘 쓰고, 매화를 잘 그렸다.

2) 蓬瀛(봉영) : 봉래(蓬萊)와 영주(瀛洲). 모두 삼신산(三神山)의 하나이다.

牡丹 張又新

牡丹一朵值千金
將謂從來色最深
今日滿欄開似雪
一生辜負看花心

仲秋望後八日書於城南之惺室 自弘新

모란

牡丹[1]

장우신(張又新)[2]

牡丹一朵直千金[3]	모란 한 송이가 천금인데
將謂從來色最深	종래에 색이 가장 진하다고 하네
今日滿闌開似雪	오늘 난간 가득 눈처럼 피니
一生辜負看花心	일생 꽃 보는 마음을 저버렸네

【주석】

1) 牡丹(모란) : 송나라 완열(阮閱)의 『시화총구(詩畵總龜)』에 "장우신(張又新) 낭중(郎中)은 양처주(楊處州)와 친했다. 양의 처 이씨(李氏)는 곧 용상(庸相)의 딸인데 덕은 있으나 미색이 없었지만 양은 개의(介意)한 적이 없었다. 장이 일찍이 양에게 말하기를 '나는 젊어서 미명(美名)을 떨치고 다시 벼슬하지 않았소. 오직 아름다운 부인만 얻는다면 평생 만족할 것이오'라고 했다. 이미 혼인을 한 후 특히 소망을 저버렸는데, 이에 〈모란〉시를 읊기를 '모란 한송이가 천금인데……'라고 했다."고 했다.

2) 장우신(張又新) : 자는 공소(孔昭), 심주(深州) 목택(陸澤) 사람. 헌종(憲宗) 원화(元和) 중에 과거에 합격하고, 좌우보궐(左右補闕), 광릉종사(廣陵從事)를 지냈다. 재상 이봉길(李逢吉)의 당으로 연좌되어 강주자사(江州刺史)로 좌천되고, 이훈(李訓)에게 아부하여 형부낭중(刑部郎中)이 되었다가 이훈이 죽자, 신주자사(申州刺史)로 좌천되었다. 좌사랑(左司郎)으로 벼슬을 마쳤다. 차에 대한 저술로 『전다수기(煎茶水記)』가 있다.

3) 直(치) : 『전당시』에는 '치(置)'로 되어 있다.

江南意

于鵠

偶向江頭採白蘋
還隨女伴賽江神
衆中不解分明語
暗擲金錢卜遠人

孟冬書於城南之惺堂中

沈維垣

강남 풍경

江南意[1)] 우곡(于鵠)[2)]

偶向江頭採白蘋[3)] 우연히 강 머리에서 백빈을 채취하고
還隨女伴賽江神 다시 여자 동무를 따라 강신에게 치성하네
衆中不解分明語[4)] 군중 속에서 분명하게 말하지 못하고
暗擲金錢卜遠人 몰래 금전을 던지며 먼 사람을 점치네

【주석】

1) 江南意(강남의) : 『전당시』에는 〈江南曲(강남곡)〉으로 되어 있다.

2) 우곡(于鵠) : 대력(大曆, 766-779)과 정원(貞元, 785-806) 간의 시인. 한양(漢陽)에 은거했다. 일찍이 제부(諸府)의 종사(從事)를 지냈다.

3) 頭(두) : 『전당시』에는 '변(邊)'으로 되어 있다. 白蘋(백빈) : 네가래. 수생식물인데 나물로 사용한다.

4) 解(해) : 『전당시』에는 '감(敢)'으로 되어 있다.

菊花

元稹

秋叢繞舍是陶家
遍繞籬邊日漸斜
不是花中偏愛菊
此花開盡更無花

虎林汪懋學

국화

菊花

원정(元楨)[1]

秋叢繞舍是陶家[2]　　가을 떨기가 집을 두른 도가인데
遍繞籬邊日漸斜　　울타리 가를 두루 두르고 해 점차 기우네
不是花中偏愛菊　　꽃 중에서 국화를 편애하는 것이 아니라
此花開盡更無花　　이 꽃이 다 피면 다시 꽃이 없기 때문이네

【주석】

1) 원정(元楨) : 원진(元稹, 779-831)의 잘못이다. 자는 미지(微之), 하남(河南) 하내(河內 : 하남성 沁陽縣 일대) 사람. 15세에 명경과(明經科)에 합격하여 교서랑(校書郎)이 되었다. 원화 원년(806), 제과대책(制科對策)에 일등으로 합격하고, 우습유(左拾遺)가 되었다. 감찰어사(監察御史)를 지내고 사건에 연좌되어 강릉사조참군(江陵士曹參軍)로 좌천되었다. 장경(長慶) 초에 사부낭중(祠部郎中)과 지제고(知制誥)를 지냈다. 곧 중서사인(中書舍人)·승지학사(承旨學士)·공부시랑(工部侍郎)·동평장사(同平章事)를 지냈다. 다시 파직되어 동주자사(同州刺史)·월주자사(越州刺史) 겸 어사대부(御史大夫)·절동관찰사(浙東觀察使) 등을 지냈다. 태화(太和) 3년에 소환되어 상서좌승(尙書左丞)이 되고, 무창군절도사(武昌軍節度使)를 지내다가 53세에 죽었다.
원진은 젊어서부터 백거이(白居易)와 창화(倡和)했는데, 당시에 두 사람을 '원백(元白)'으로 병칭하고, 그들의 시를 '원화체(元和體)'라고 했다.

2) 是(시) : 『전당시』에는 '사(似)'로 되어 있다. 陶家(도가) : 도연명(陶淵明)의 집. 도연명은 국화를 많이 읊어서 국화의 주인으로 받들어진다.

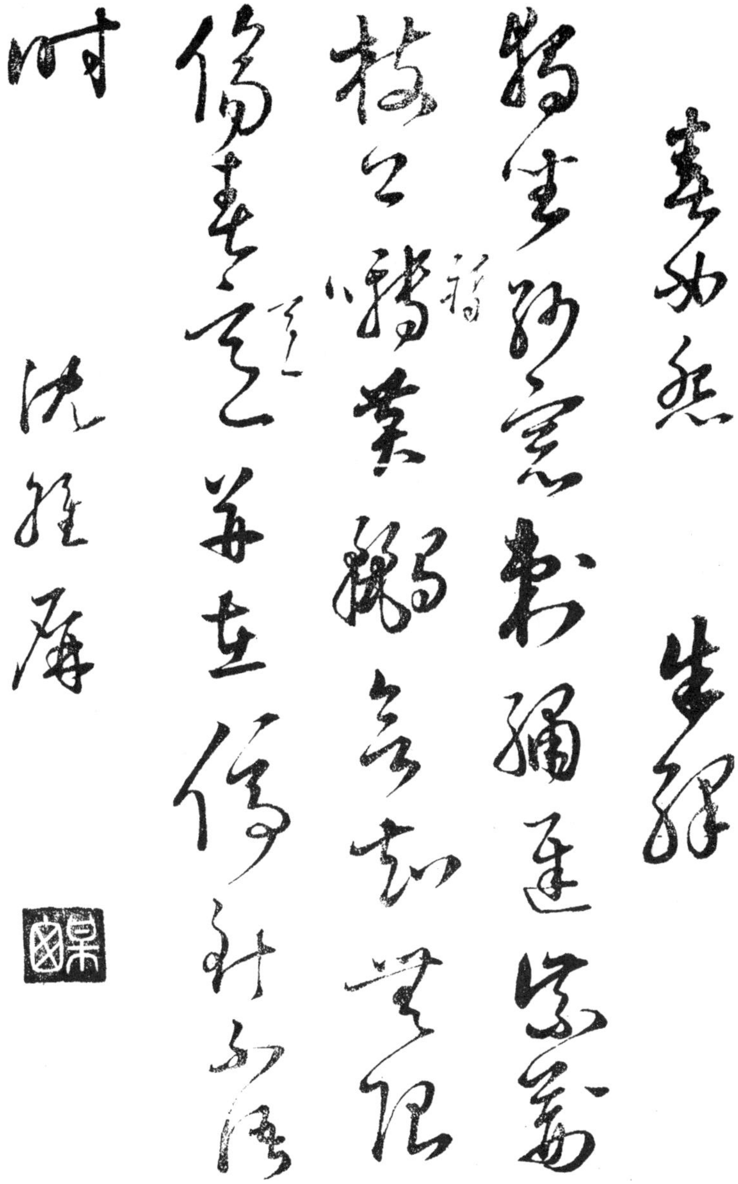

봄 여인의 원망

春女怨 주강(朱絳)[1]

獨坐紗窗刺繡遲	홀로 비단 창에 앉아 자수가 더딘데
紫荊枝上囀黃鸝[2]	자형화 가지에서 꾀꼬리가 우네
欲知無限傷春意	무한한 봄을 슬퍼하는 마음을 알고자 한데
幷在停針不語時	모두 바늘 멈추고 말 없을 때에 있네

【주석】

1) 주강(朱絳) : 당나라 선종(宣宗, 847-859) 무렵의 사람.

2) 枝上(지상) : 『전당시』에는 '화하(花下)'로 되어 있다. 紫荊花(자형화) : 박태기나무 꽃.

十五夜望月 王建

中庭地白樹栖鴉冷露無聲濕桂花今夜月明人盡望不知秋思在誰家

青浦張以誠

십오일 밤에 달을 보다

十五夜望月[1]

왕건(王建)[2]

中庭地白樹棲鴉　　마당의 땅이 환해 나무에 까마귀 깃들고
冷露無聲濕桂花　　찬 이슬이 소리 없이 계수꽃을 적시네
今夜月明人盡望　　오늘밤 달 밝아 모두들 바라보는데
不知秋思在誰家　　가을 수심이 누구 집에 있는지 모르겠네

【주석】

1) 十五夜望月(십오야망월) : 『전당시』에는 〈十五夜望月寄杜郎中(십오야망월기두낭중)〉으로 되어 있다.

2) 왕건(王建) : 766?-830?. 자는 중초(仲初), 영천(潁川 : 하남성 許昌市) 사람. 대력(大曆) 10년(775)에 진사에 합격하고, 위남위(渭南尉)를 지냈다. 비서승(秘書丞)과 시어사(侍御史)를 역임하고, 태화(太和) 중에 섬서사마(陝州司馬)로 나가서 변새로 종군(從軍)한 후 함양(咸陽)으로 돌아와서 은거했다.
왕건은 악부(樂府)를 잘 지어서 장적(張籍)과 제명했는데 궁사(宮詞) 일백 수는 더욱 사람들에게 전송(傳誦)되었다.

【참고】

○ 장이성(張以誠) : 1568-1615. 자는 군일(君一), 호는 영해(瀛海), 남직예(南直隸) 송강부(松江府) 화정(華亭 : 上海 松江) 사람. 만력(萬曆) 29년(1601)에 장원을 하고, 한림원수찬(翰林院修撰)이 되었다. 글씨를 잘 썼고, 시문을 잘 지었는데 그 문장은 소동파(蘇東坡)를 종으로 삼고, 시는 맹교(孟郊)를 종으로 삼았다. 저서로 『작춘당집(酌春堂集)』, 『수우당집(須友堂集)』 등이 있다.

題獨孤少府園林　陸暢

四面青山是四鄰煙霞成伴
艸成茵年〻洞口桃花發不
記曾經迷幾人

金陵焦竑書

독고소부의 원림에 적다

題獨孤少府園林 육창(陸暢)[1]

四面青山是四隣　　사면의 푸른 산이 사방 이웃인데
煙霞成伴草成茵　　연하[2]가 풀을 동반하여 자리를 이루었네
年年洞口桃花發　　해마다 골짜기 입구에 복사꽃 피는데
不記曾經迷幾人　　헤매는 사람이 몇인지 모르겠네

【주석】

1) 육창(陸暢) : 자는 달부(達夫), 오군(吳郡) 오현(吳縣 : 蘇州) 사람. 대략 헌종(憲宗) 원화(元和, 806-820) 말에 활약했음. 원화 원년에 진사에 합격하고, 봉상소윤(鳳翔少尹)을 지냈다.

2) 연하(煙霞) : 안개와 노을을 아울러 이르는 말.

【참고】

○ 초굉(焦竑) : 자는 약후(弱侯), 강녕(江寧 : 南京) 사람. 호는 의원(漪園), 학자들은 담원선생(澹園先生)이라 불렀다. 만력(萬曆) 을축년 전시(殿試)에 제일로 합격하고 수찬(修撰)에 임명되어 동궁(東宮)에 배치되었다. 나중에 주동지(州同知)로 좌천되고, 다시 삭적(削籍)되어 귀향하여 오로지 저술에만 전념했다. 저술에 『경적지(經籍志)』 등이 있다.

云静楼空月色斜晚来吹笛
是誰家放闌回首知何處一
夜江梅盡落花

竹裏梅　劉言史

竹裡梅花相並枝
梅花正發竹枝垂
風吹總向竹枝上
直似王家雪下時

朱之蕃

대숲의 매화

竹裏梅

유언사(劉言史)[1)]

竹裏梅花相竝枝　　대숲의 매화가 서로 가지를 나란히 하고
梅花正放竹枝垂[2)]　　매화가 막 피니 대나무 가지 늘어졌네
風吹總向竹枝上　　바람 불어 모두 대나무 가지 위로 향하니
直是王家雪下時[3)]　　곧장 왕가에 눈 내릴 때와 같네

【주석】

1) 유언사(劉言史) : 조주(趙州) 한단(邯鄲) 사람. 대략 742년에서 813년 사이, 현종(玄宗) 천보(天寶) 원년에서 헌종(憲宗) 원화(元和) 8년 사이에 활약했음. 이하(李賀)와 맹교(孟郊)와 친했다.

2) 放(방) : 『전당시』에는 '발(發)'로 되어 있다.

3) 是(시) : 『전당시』에는 '사(似)'로 되어 있다. 王家雪下時(왕가설하시) : 진(晉)나라 왕휘지(王徽之)가 폭설이 내린 밤에 술을 마시며 좌사(左思)의 〈초은(招隱)〉 시를 읊다가 갑자기 섬계(剡溪)에 있는 친구 대규(戴逵)가 생각이 나서 밤새 배를 저어 그 집을 찾아갔던 고사를 취한 것이다.

【참고】

○ 주지번(朱之蕃) : ?-1624. 자는 원승(元升), 원개(元介), 호는 난우(蘭隅), 정각주인(定覺主人). 원적은 산동(山東) 요성(聊城) 임평현(茌平縣)이고, 나중에 남직 금의위(南直錦衣衛 : 江蘇 南京)로 적을 옮겼다. 만력(萬曆) 23년에 장원급제하고, 예부우시랑(禮部右侍郎)을 지냈다. 1605년에 조선으로 사신을 갔다 왔다. 나중에 모친상으로 인하여 벼슬에서 물러났다. 시문에 뛰어났고, 글씨를 잘 썼고, 산수와 화훼를 잘 그렸다. 『군자림도권(君子林圖卷)』 등이 전한다. 조선에 사신으로 왔을 때 여러 곳에 필적을 남긴 바가 있다.

贈藥山高僧惟儼 李翺

練得身形似鶴形
千株松下兩函經
我來問道無餘說
雲在清霄水在缾

張鳳翼

약산 고승 유엄에게 주다

贈藥山高僧惟嚴[1]

이고(李翺)[2]

練得身形似鶴形	단련하여 얻은 몸은 학 모습이고
千株松下两函經	천 그루 소나무 아래 두 함의 경서가 있네
我來問道無餘說	내가 와서 도를 물으니 다른 말이 없고
雲在清霄水在缾[3]	구름은 맑은 하늘에 있고 물은 병에 있다고 하네

【주석】

1) 贈藥山高僧惟嚴(증약산고승유엄) : 『전당시』에는 〈贈藥山高僧惟儼二首(증약산고승유엄2수)〉로 되어 있다.

2) 이고(李翺) : 자는 습지(習之), 정원(貞元) 진사에 합격하고, 교서랑(校書郎)이 되었다. 원화(元和, 806-820) 초에 국자박사(國子博士), 사관편찬(史館修撰)이 되었다. 고공원외랑(考功員外郎)을 거쳐 낭주(朗州)와 노주(廬州) 자사(刺史)를 지내고, 간의대부(諫議大夫), 지제고(知制誥)가 되었다. 중서사인(中書舍人)을 지내고, 회창(會昌, 841-846) 중에 종산남동도절도사(終山南東道節度使)를 지냈다.

3) 청(清) : 『전당시』에는 '청(青)'으로 되어 있다. 缾(병) : 『전당시』에는 '병(瓶)'으로 되어 있다.

【참고】

○ 장봉익(張鳳翼) : 1527-1613. 자는 백기(伯起), 호는 영허(靈虛), 냉연거사(冷然居士), 남직예(南直隸) 소주부(蘇州府) 장주(長洲 : 江蘇 蘇州) 사람. 아우 연익(燕翼), 헌익(獻翼)과 함께 재명(才名)이 있어서 당시 사람들이 '삼장(三張)'이라 불렀다. 가정(嘉靖) 43년(1564)에 연익과 함께 거인(擧人)이 되었다. 성품이 광탄(狂誕)하고 희곡(戲曲)을 잘 지었다.

閨情 李端

月落星稀天欲明
孤燈未滅夢難成
披衣更向門前望
不閒朝來喜鵲聲

廣陵單思恭

규정

閨情

이단(李端)[1)]

月落星稀天欲明　달 지고 별 드물고 날이 새려하는데
孤燈未滅夢難成　외로운 등불 꺼지지 않고 꿈 이루기 어렵네
披衣更向門前望　옷을 걸치고 다시 문전을 향해 바라보며
不問朝來喜鵲聲[2)]　아침에 까치의 기쁜 소리를 묻지 않네

【주석】

1) 이단(李端) : 생졸년 미상. 자는 정기(正己), 조군(趙郡 : 하북성 趙縣) 사람. 대력 5년(770)에 진사에 합격했다. 교서랑(校書郎)을 지내다가 곧 강남으로 가서 항주사마(杭州司馬)를 지냈다. 대력십재자의 한 사람이다.

2) 不問朝來喜鵲聲(불문조래희작성) : 『전당시』에는 '불분조래작희성(不忿朝來鵲喜聲)'으로 되어 있다.

【참고】

○ 단사공(單思恭) : 1619년 전후에 생존했다. 자는 혜내(惠仍), 양주(揚州) 사람. 명나라 신종(神宗) 만력(萬曆, 1573-1620) 말에 활약했다. 시를 잘 지었는데 경릉체(竟陵體)를 종으로 삼았다.

蜀中賞海棠　鄭谷

濃淡芳春滿蜀鄉
半隨風雨斷鶯腸
浣花溪上堪惆悵
子美無情爲發揚

촉 중에서 해당화를 감상하다

蜀中賞海棠

정곡(鄭谷)[1]

濃澹芳春滿蜀鄉　　짙고 담박한 꽃이 향기로운 봄에 촉향에 가득한데
半隨風雨斷鶯腸　　반은 비바람을 따라가니 꾀꼬리 애간장을 끊네
浣花溪上堪惆悵[2]　　완화계 가에서 슬퍼할 만하니
子美無心爲發揚[3]　　자미의 무심함을 발양시키네

【주석】

1) 정곡(鄭谷) : 851?–910?. 자는 수우(守愚), 원주(袁州) 의춘(宜春) 사람. 광계(光啓) 3년에 진사에 합격했다. 경조호현위(京兆鄠縣尉)를 지내고, 우습유(右拾遺)와 보궐(補闕)을 역임했다. 건녕(乾寧) 4년에 도관낭중(都官郎中)이 되었다. 얼마 후 고향으로 돌아가 은거했다.

2) 浣花溪(완화계) : 사천성(四川省) 성도시(成都市) 청양구(青羊區)에 있다. 두보(杜甫)가 이곳에 거주하며 〈절구(絶句)〉를 짓기를 "兩個黃鸝鳴翠柳, 一行白鷺上青天. 窗含西嶺千秋雪, 門泊東吳萬裏船."이라 했다.

3) 子美無心(자미무심) : 자미는 두보의 자이다. 두보는 모친의 이름이 해당이었기 때문에 평생 해당화에 대한 시를 짓지 않았다고 한다.

육언절구

당시화보서

천지자연의 문(文)은 오직 시만이 그 신(神)을 궁구할 수 있고, 오직 글씨만이 그 기(機)를 모사할 수 있고, 오직 그림만이 그 교묘함을 베껴낼 수 있다. 시와 글씨와 그림은 문의 자취이고, 신과 기와 교묘함은 문의 정(精)이다. 정은 자취[迹]가 아니면 무엇으로써 싣겠는가? 자취는 정이 아니면 무엇으로써 운행하겠는가? 그 마음의 깨침이 넘치고, 기가 움직이고 신이 흐를 때에 조화의 생의(生意), 인물의 변태(變態), 풍운(風雲)과 계학(溪壑)의 탄토(呑吐), 초목(草木)과 금충(禽虫)의 발월(發越)을 들 수 있는데 오직 시와 글씨와 그림만이 그것들을 망라할 수 있다. 세 가지를 겸비하면 천년 동안 빛날 것인데, 다만 애석하게 나뉘어 셋이 되고 합하여 하나가 될 수 없다. 이 때문에 문은 흩어져서 통합하지 못하고, 전하여도 쉽게 인멸된다. 『역(易)』에 "바람이 물 위를 지나가면 흩어진다."고 한 것은 천하의 문인데, 이 말을 음미해보면 문을 알 수 있다. 신안(新安) 봉지(鳳池) 황생(黃生)은 가슴속에 저울을 지녔는데 그로 인하여 당시(唐詩) 육언(六言)을 선발하고, 명공(名公)을 구하여 글씨를 쓰게 하고, 또 명필을 구하여 그림을 그리게 하여서, 열람자가 시를 열람할 때 문의 신을 찾게 하고, 글씨를 모사할 때 문의 기를 찾게 하고, 그림을 그릴 때 문의 교묘함을 엿보게 하여 일거에 삼선(三善)이 갖추어졌다. 저 세간에서 당시를 출판한 것은 잡다하지 않은 것은 아니지만 글자가 명공의 필이 아니니, 기를 어떻게 모사할 수 있겠는가? 자첩(字帖)을 새

긴 것은 사치스럽지 않은 것은 아니지만 자첩이 성당(盛唐)의 시가 아니니, 신을 어떻게 찾을 수 있겠는가? 도화(圖畵)를 판각한 것은 쌓여있지 않음이 아니지만 그림이 당시의 의미가 아니니, 교묘함을 어떻게 그려낼 수 있겠는가? 열람자는 이런 것을 돌아보며 저것을 잃고, 앞만 보며 뒤는 결핍되니 유감이 없지 않다. 그 일창삼탄(一唱三嘆)을 구하여 박자를 맞추며 읊으며 감상하는데 있어서 이 화보처럼 미선(美善)이 겸비된 것은 없었다. 황생(黃生)의 마음 씀은 사문(斯文)에 공이 있다고 하겠다. 이 화보가 유행되는 것은 참으로 전해지고 영구할 것이다. 위대하구나, 천하의 한 큰 볼거리이구나! 법안(法眼)은 참으로 감상할 것이고, 육안(肉眼)도 또한 즐거워하지 않겠는가? 어떤 이가 말하기를 "문은 신물(神物)인데, 보(譜)는 묵은 자취이다. 조롱을 장차 어떻게 풀겠는가?"라고 했다. 내가 말하기를 "삼가하여 자취를 경솔하게 말하지 말라. 신의 존재는 만물이 필을 빌려 드러내는데, 신의 존재를 명필이 이 보에다 실어놓았다. 사람들은 신이 자취와 분리되지 않는다는 것을 알고, 또한 자취는 신과 분리되지 않는다는 것을 안다. 곧 이 보의 자취로써 문의 신을 돕는 것이 또한 어찌 불가하겠는가? 이 보가 어찌 천추에 명성을 얻지 못하겠는가? 사방의 감상자들은 모두 그 공적의 광대하고 영원함을 선망하게 될 것이다."라고 했다. 나는 열람하며 피로한 줄 몰랐는데 그로 인하여 책머리에 서문을 쓰게 되어 불후(不朽)라고 적었다.

신도(新都) 정연(程涓)

唐詩畫譜敍

天地自然之文, 惟詩能究其神, 惟字能模其機, 惟畫能肖其巧. 夫詩也, 字也, 畫也, 文之迹也; 神也, 機也, 巧也, 文之精也. 精非迹何以載? 迹非精何以運? 當其心會趣溢, 機動神流, 擧造化之生意, 人物之變態, 風雲溪壑之呑吐, 草木禽虫之發越, 惟詩·字·畫足以包羅之. 三者兼備, 千載輝煌, 獨惜分而爲三, 不能合而爲一. 此文所以散而無統, 傳而易湮也. 『易』曰 : "風行水上. 渙." 天下之文, 味斯言也, 可以知文矣. 新安鳳池黃生, 權衡於胸臆, 因選唐詩六言, 求名公以書之, 又求名筆以畫之, 俾覽者閱詩以探文之神, 摹字以索文之機, 繪畫以窺文之巧, 一擧而三善, 備矣. 彼世之梓唐詩者非不紛然, 而字非名公之筆, 機奚以模? 鐫字帖者, 非不侈然, 而帖非盛唐之詩, 神奚以探? 刊圖畫者, 非不累然, 而畫非唐詩之意, 巧奚以肖? 覽者顧此失彼, 瞻前乏後, 不無有遺憾焉. 求其一唱三嘆, 擊節咏賞, 未有若此譜之美善兼該也. 黃生之用心, 可謂有功於斯文. 而玆譜所行, 允必其傳且久矣. 偉哉, 宇內之一大觀乎! 法眼固賞鑒, 卽肉眼亦嘉樂乎? 或曰 : "文, 神物也; 譜, 陳迹也, 嘲將安解?" 余曰 : "愼毋輕言迹也. 夫神在, 庶物藉筆發焉; 神在, 名筆玆譜載焉. 人知神之不離乎迹, 又知迹之不離乎神, 卽以此譜之迹佐文之神, 亦奚不可? 是譜也, 豈不博名千秋哉, 四方鑑賞者咸羨其功之宏而遠矣." 予閱之不倦, 因爲序之簡端, 以識不朽云.

新都 程涓

鞦韆　色張

紅杏樓前歌舞
綠楊影裏鞦千
去月畫船惆晚
餘情盡付湖煙

完初老人沈文憲書

그네

鞦韆[1] **노륜(盧綸)**[2]

紅杏樓前歌舞	홍행루 앞에 가무하고
綠楊影裏鞦千	초록 버들 그림자 속 그네 타네
金月畫船歸晩	황금 달빛 속 화려한 배는 귀가가 늦고
餘情盡付湖煙	남은 정은 모두 호수 안개에 부치네

【주석】

1) 鞦韆(추천) : 이 시는 『전당시(全唐詩)』에 보이지 않는다. 노륜(盧綸)의 이름을 빌린 위작이라 여겨진다.

2) 노륜(盧綸) : 739-799. 자는 윤언(允言), 하중(河中) 포(蒲 : 산서성 영제현(永濟縣) 사람. 대력십재자(大曆十才子) 중의 한 사람이다. 현종(玄宗) 천보(天寶) 말년에 진사시에 응시했으나 낙방하고, 대종(代宗) 때 여러 번 응시했으나 낙방했다. 대력(大曆) 6년에 재상 원재(元載)의 추천으로 문향위(閿鄉尉)에 임명되고, 나중에 재상 왕진(王縉)의 추천으로 집현학사(集賢學士)가 되었다. 비서성교서랑(秘書省校書郞)을 거쳐 감찰어사(監察御史)를 지내고, 지방관으로 나가서 섬주호조(陝州戶曹), 하남밀현령(河南密縣令)을 지냈다. 그 후 원재와 왕진이 죄를 얻자, 연좌되어 벼슬에서 물러났다. 덕종(德宗) 때 복직되어 소홍현령(昭應縣令)을 지내고, 검교호부낭중(檢校戶部郞中)을 지냈다. 저서로 『노호부시집(盧戶部詩集)』이 있다.

江南

王建

青草池邊草色
飛猿嶺上猿聲
萬里湘江客到
有風有雨人行

虛林明經

강남

江南[1]

왕건(王建)[2]

青草池邊草色[3]　　청초호 옆 풀색 짙고
飛猿嶺上猿聲　　나는 원숭이는 고개 위서 우네
萬里湘江客到[4]　　만리 상강에 객이 이르니
有風有雨人行　　비바람 치는데 나그네가 가네

【주석】

1) 江南(강남) : 『전당시』에는 〈江南三臺四首(강남삼대4수)〉로 되어 있다. 그 중 한 수이다.

2) 왕건(王建) : 766?-830?. 자는 중초(仲初), 영천(潁川 : 하남성 許昌市) 사람. 대력(大曆) 10년(775)에 진사에 합격하고, 위남위(渭南尉)를 지냈다. 비서승(秘書丞)과 시어사(侍御史)를 역임하고, 태화(太和) 중에 섬서사마(陝州司馬)로 나가서 변새로 종군(從軍)한 후 함양(咸陽)으로 돌아와서 은거했다.
왕건은 악부(樂府)를 잘 지어서 장적(張籍)과 제명했는데 궁사(宮詞) 일백 수는 더욱 사람들에게 전송(傳誦)되었다.

3) 青草池(청초지) : 청초호(青草湖)를 말한다. 『전당시』에도 '청초호'로 되어 있다. 호남성 악양시(岳陽市) 서남에 있는 호수로서 동정호(洞庭湖)와 연결되어 있다.

4) 湘江(상강) : 『전당시』에는 '삼상(三湘)'으로 되어 있다. 상강은 호남성에 있는 큰 강이다.

村居

曾參

夾岸人家臨鏡孤邨燈
火懸星喬木千枝鷺下深
潭百尺龍吟

盛士龍

시골 거처

村居[1]

증삼(曾參)[2]

夾岸人家臨鏡	양 언덕을 낀 인가는 달빛에 임하고
孤鄰燈火懸星	외로운 이웃 등불엔 별빛 매달렸네
喬木千枝鷺下[3]	교목 천 가지에 해오라기 내려오고
深潭百尺龍吟	깊은 못 천 길 속에 용이 우네

【주석】

1) 村居(촌거) : 『전당시』에는 보이지 않는다. 아마 위작이 아닌가 싶다.

2) 증삼(曾參) : 미상. 잠삼(岑參)을 잘못 적은 것이 아닌가 싶다.

3) 喬木(교목) : 크고 높은 나무.

雪梅

韋元旦

古木寒鴉山徑
小橋流水人家
昨夜前村深雪
隔溪幾樹梅花

廣林[illegible][illegible]之

눈 속 매화

雪梅[1]

위원단(韋元旦)[2]

古木寒鴉山徑　　고목의 겨울 까마귀 산길에 있고
小橋流水人家　　작은 다리 흐르는 물가에 인가가 있네
昨夜前村深雪　　어젯밤 앞마을에 깊은 눈이 내려
陽春又到梅花　　따뜻한 봄에 또 매화에 이르렀네

【주석】

1) 雪梅(설매) : 『전당시』에는 보이지 않는다. 아마 위작이 아닌가 싶다.

2) 위원단(韋元旦) : 생졸년 미상. 경조(京兆) 만년(萬年) 사람. 진사에 합격하고 동아위(東阿尉)에 임명되고, 좌대감찰어사(左臺監察御史)가 되었다. 장이지(張易之)와 인척이었는데 장이지가 패망하자 감의위(感義尉)로 좌천되었다. 나중에 중서사인(中書舍人)을 지냈다. 심전기(沈佺期)와 친했다.

舟興

錢起

風浦中流漁笛
煙波落日蓮歌
歸舟明月誰謠
山客擕琴夜過

丙辰仲秋偶錄於綠上窓
庸耕沈鼎新

뱃놀이 흥치

舟興[1]

전기(錢起)

風浦中流漁笛	바람 부는 포구 중류에서 고깃배 피리소리 들리고
煙波落日蓮歌	연파 속 석양에 연밥 따는 노래 부르네
歸舟明月誰語	돌아가는 배 밝은 달빛에서 누가 말하는가
山客攜琴夜過[2]	산객은 금을 들고 밤에 지나가네

【주석】

1) 舟興(주흥) : 『전당시』에는 보이지 않는다. 아마 위작이 아닌가 싶다.

2) 山客(산객) : 산 속에 사는 은자를 말한다.

幽居

王維

山下孤烟遠村天邊獨
樹高原一瓢顏回陋
巷五柳先生對门

유거

幽居[1]

왕유(王維)[2]

山下孤煙遠村　　산 아래 외로운 연기 먼 마을에서 오르고
天邊獨樹高原　　하늘가 한 그루 나무가 고원에 있네
一瓢顔回陋巷[3]　　한 표주박 든 안회는 누추한 동네에 있고
五柳先生對門[4]　　오류선생은 문을 대하고 있네

【주석】

1) 幽居(유거) : 『전당시』에는 〈田園樂七首(전원락7수)〉로 되어 있다. 그 중 한 수이다.

2) 왕유(王維) : 701-761. 자는 마힐(摩詰), 원적은 태원(太原) 기(祁 : 지금의 산서성 祁縣) 사람. 나중에 하동(河東)으로 적을 옮겼다. 개원(開元) 9년(721)에 진사에 급제하여 태악승(太樂丞)에 임명되었다. 오래지 않아서 사건에 연루되어 제주사창참군(濟州司倉參軍)으로 좌천되었다. 재상 장구령(張九齡)의 추천으로 우습유(右拾遺)가 되고, 천보(天寶) 말에 급사중(給事中)에 이르렀다. 안록산(安祿山)의 난 때 왕유는 적의 포로가 되었는데, 안록산에 의해 강제로 급사중에 임명되었다. 난이 평정된 후 왕유는 부역죄(附逆罪)로 논죄되었으나, 특별히 사면을 받고 태자중윤(太子中允)으로 강등되었다. 나중에 상서우승(尙書右丞)에 이르렀다. 만년에는 불교에 심취하였고, 향년이 61세였다.

3) 一瓢顔回陋巷(일표안회루항) : 『논어(論語)·옹야(雍也)』에서 공자가 이르기를 "어질도다, 안회여. 한 도시락 밥과 한 표주박 물로 누추한 시골구석에서 살자면 다른 사람은 그 걱정을 견디지 못하건만, 안회는 도를 즐기는 마음을 변치 않으니, 어질도다, 안회여.[賢哉回也 一簞食 一瓢飮 在陋巷 人不堪其憂 回也不改其樂 賢哉回也]"라고 한 데서 온 말이다.

4) 五柳先生(오류선생) : 도연명(陶淵明)을 말한다. 「오류선생전(五柳先生傳)」을 지어서 자신의 상황을 나타냈다.

白鷺 張謂

曠野饒饒新水
遠山望望晴雲
湖北湖南白鷺
三三兩兩成群

自玉新

백로

白鷺[1] 장위(張謂)[2]

曠野悠悠新水[3]	넓은 들 아득히 새 물 흐르고
遠山望望晴雲[4]	먼 산 끝없이 바라보니 맑은 구름이 있네
湖北湖南白鷺	호수 북쪽 남쪽에 백로가 날며
三三兩兩成群	둘둘 셋셋 무리를 이루네

【주석】

1) 白鷺(백로) : 『전당시』에는 보이지 않는다. 아마 위작이 아닌가 싶다.

2) 장위(張謂) : 711?–780?. 자는 정언(正言), 하내(河內 : 河南 沁陽) 사람. 천보(天寶) 2년에 진사에 합격했다. 건원(乾元) 원년에 예부낭중(禮部郎中)이 되어서 하구(夏口)로 사행을 가면서, 이백(李白)과 면주(沔州) 남호(南湖)를 유람했다. 대력(大曆) 2년(767)에 담주자사(潭州刺史)가 되었다. 나중에 예부시랑(禮部侍郎)을 지냈다.

3) 新水(신수) : 봄 물을 말한다.

4) 望望(망망) : 멀리 바라보는 모양.

望月

王昌齡

聽月樓高太清
南山對戶分明
昨夜姮娥現影
嫣然笑裡傳聲

錢唐十三童沈維垣

달을 바라보다

望月[1] 왕창령(王昌齡)[2]

聽月樓高太淸　　청월루는 하늘에 높고
南山對戶分明　　남산은 문을 대하고 분명하네
昨夜姮娥現影[3]　　어젯밤 항아가 그림자 드러내어
嫣然笑裡傳聲[4]　　싱긋 미소 띠며 소리 전했네

【주석】

1) 望月(망월) : 『전당시』에는 보이지 않는다. 아마 위작이 아닌가 싶다.
2) 왕창령(王昌齡) : 698?–757?. 자는 소백(少伯). 태원(太原) 사람. 일설에는 강녕(江寧) 사람이라고 한다. 개원 15년(727)에 진사에 급제하여 사수위(汜水尉)에 임명되었다. 굉사과(宏辭科)에 합격하여 교서랑(校書郞)으로 옮겼다. 나중에 작은 예절을 지키지 않아서 강녕승(江寧丞)으로 좌천되고, 만년에는 용표위(龍標尉)로 좌천되었다. 안사(安史)의 난(亂)이 일어났을 때 고향으로 돌아갔는데, 박주자사(亳州刺史) 여구효(閭丘曉)에게 피살되었다. 왕창령은 칠언절구에서 이백과 더불어 가장 뛰어난 시인으로 평가된다.
3) 姮娥(항아) : 달 속에 산다는 선녀 이름.
4) 嫣然(언연) : 미소 짓는 모양.

田園樂 王建

採菱渡頭風急
杖策林西日斜
杏樹壇邊漁父
桃花源裏人家

전원락

田園樂

왕건(王建)[1)]

採菱渡頭風急	마름 캐는 나루 앞에 바람 급하고
杖策林西日斜	지팡이 짚은 숲 서쪽에 해가 기우네
杏樹壇邊漁父[2)]	살구나무 단 옆에 어부가 있고
桃花源裡人家[3)]	도화원 안에 인가가 있네

【주석】

1) 왕건(王建) : 왕유(王維)의 잘못이다. 왕유의 〈田園樂七首(전원락7수)〉의 하나이다.

2) 杏樹壇邊漁父(행수단변어부) : 『장자(莊子) · 어부(漁父)』에 "공자가 치유(緇帷)의 숲에서 노닐고 행단(杏壇) 위에서 휴식하였는데, 제자들은 글을 읽고 공자는 금을 타며 노래를 불렀다. 곡(曲)이 반쯤 남았는데 어떤 어부가 배에서 내려왔다. 수염과 눈썹이 섞여 하얗고 머리를 풀어헤치고, 소매를 끌면서 들을 걸어 올라와서 언덕 앞에 멈추고, 왼 손은 무릎에 올리고 오른 손으로 턱을 괴고 들었다."고 했다.

3) 桃花源(도화원) : 무릉도원(武陵桃源)을 말한다.

三台

王建

酌酒會臨泉水抱琴
好倚長松南陽露葵
朝折東谷黃粱夜舂

吳信明 經

삼태

三台[1] 왕건(王建)[2]

酌酒會臨泉水　　술 따르고 모여 샘물에 임하고
抱琴好倚長松　　금을 안고 기쁘게 큰 소나무에 기대네
南陽露葵朝折[3]　　남원에서 이슬 맞은 아욱을 아침에 꺾고
東谷黃粱夜舂[4]　　동곡에서 황량을 밤에 찧네

【주석】

1) 三台(삼태) : 왕유(王維)의 〈田園樂七首(전원락7수)〉의 잘못이다.

2) 왕건(王建) : 왕유(王維)의 잘못이다.

3) 陽(양) : 『전당시』에는 '원(園)'으로 되어 있다. 번역은 '원'으로 했다. 露葵(노규) : 아욱.

4) 黃粱(황량) : 메조. 차지지 않는 노란 좁쌀이다.

閒居寄司直　皇甫冉

門外水流何處
天邊樹繞誰家
山色東西多少
朝朝幾度雲遮

廓林俞之鯨

계사직의 거처를 묻다

問居季司直[1]

황보염(皇甫冉)[2]

門外水流何處　　문 밖 흐르는 물은 어디로 가는가
天邊樹繞誰家　　하늘가 나무들은 누구 집을 둘렀는가
山色東西多少　　산색이 동서에 많은데
朝朝幾度雲遮　　아침마다 몇 번이나 구름이 가리는가

【주석】

1) 問居季司直(문거계사직) : 『전당시』에는 〈문이이사직소거운산(問李二司直所居雲山)〉으로 되어 있다. 사직(司直)은 관직명.

2) 황보염(皇甫冉) : 717?-770?. 자는 무정(茂政), 안정(安定) 사람. 윤주(潤州) 단양(丹陽 : 강소성 鎭江)에서 살았음. 천보 15년에 진사에 합격하고, 무석위(無錫尉)에 임명되고, 좌금오병조(左金吾兵曹)를 지냈다. 왕민(王縉)이 하남절도사(河南節度使)가 되자 그를 장서기(掌書記)로 삼았다. 대력(大曆) 초에 우보궐(右補闕)을 지내고 죽었다.

村居

李太白

徑曲萋々草綠
谿深隱々花紅
鳧雁翻飛煙火
鷄犬啼向春風

張性蓮

시골 거처

村居[1]

이태백(李太白)[2]

徑曲萋萋草綠　　굽은 길 무성하게 풀이 초록이고
谿深隱隱花紅　　깊은 계곡 은은하게 꽃이 붉네
鳧雁翻飛煙火　　오리 기러기 나는 곳에 밥 짓는 연기 있고
鷓古啼向春風[3]　　자고새는 봄바람을 향해 우네

【주석】

1) 村居(촌거) : 『전당시』에는 보이지 않는다. 아마 위작이 아닌가 싶다.

2) 이태백(李太白) : 태백(太白)은 이백(李白)의 자이다. 701–762. 호는 청련거사(青蓮居士), 조적(祖籍)은 농서(隴西) 성기(成紀 : 지금의 甘肅省 天水 부근). 나중에 면주(綿州) 창명(彰明 : 지금의 四川省 江油縣) 청련향(青蓮鄉)으로 옮겼다. 이백이 태어날 때 그 어머니가 장경성(長庚星)을 꿈꾸었기 때문에 그로써 이름을 지었다고 한다. 젊어서는 종횡술(縱橫術)과 격검(擊劍)을 좋아하며 임협(任俠)이 되고자 했다. 촉(蜀)지역을 비롯하여 장강(長江)과 황하의 여러 지역을 유람하며 견문을 쌓고 여러 인사들과 교유했다. 천보(天寶) 초에 친구 오균(吳筠)을 따라 장안(長安)으로 왔다. 하지장(賀知章)이 그의 시를 읽고 감격하여 적선(謫仙)이라 부르며 현종(玄宗)에게 추천하여 한림공봉(翰林供奉)에 임명되었다. 그러나 정치적 뜻을 이루지 못하고 물러나와 여산(廬山)에서 은거했다. 안록산(安祿山)이 모반한 이듬해 영왕(永王) 이린(李璘)이 군사를 일으켜 이백을 막부요좌(幕府僚佐)로 삼았다. 뒤에 이린이 그의 형 숙종(肅宗) 이형(李亨)과 황위를 다투다가 패하여 피살되자, 이백 또한 부역죄로 하옥되었다. 야랑(夜郎)으로 유배 가다가 도중에 사면을 받고 돌아왔다. 만년에는 족숙(族叔)인 당도령(當塗令) 이양빙(李陽氷)에게 의지했는데, 오래지 않아 병사했다. 향년 62세였다.

3) 鷓古(자고) : 자고(鷓鴣). 중국 남방에 서식하는 새 이름인데, 이 새는 항상 '길이 험난해서 갈 수 없다'는 뜻으로 "행부득야가가(行不得也哥哥)"라고 운다 하여 고인(古人)들의 시문에 흔히 자고의 울음소리로 고향 그리워하는 심정을 표현했다.

遠詠

王昌齡

曉渡人逢無徑深林女伴
相將僧舍溜踈靜擢漁舟
隱隱煙光

沈光宗

도중에 읊다

途詠[1]

왕창령(王昌齡)

野渡人迷無語　　들 나루에서 사람은 헤매며 말이 없고
深林女伴相將　　깊은 숲에서 여자 둘이 서로 이끄네
僧舍瀟踈靜掩[2]　　절간은 쓸쓸히 고요히 닫혀있고
漁舟隱隱煙光　　고깃배는 은은히 안개 빛에 있네

【주석】

1) 途詠(도영) : 『전당시』에는 보이지 않는다. 아마 위작이 아닌가 싶다.

2) 僧舍(승사) : 절간. 瀟踈(소소) : 소소(蕭踈)의 잘못. 쓸쓸하다.

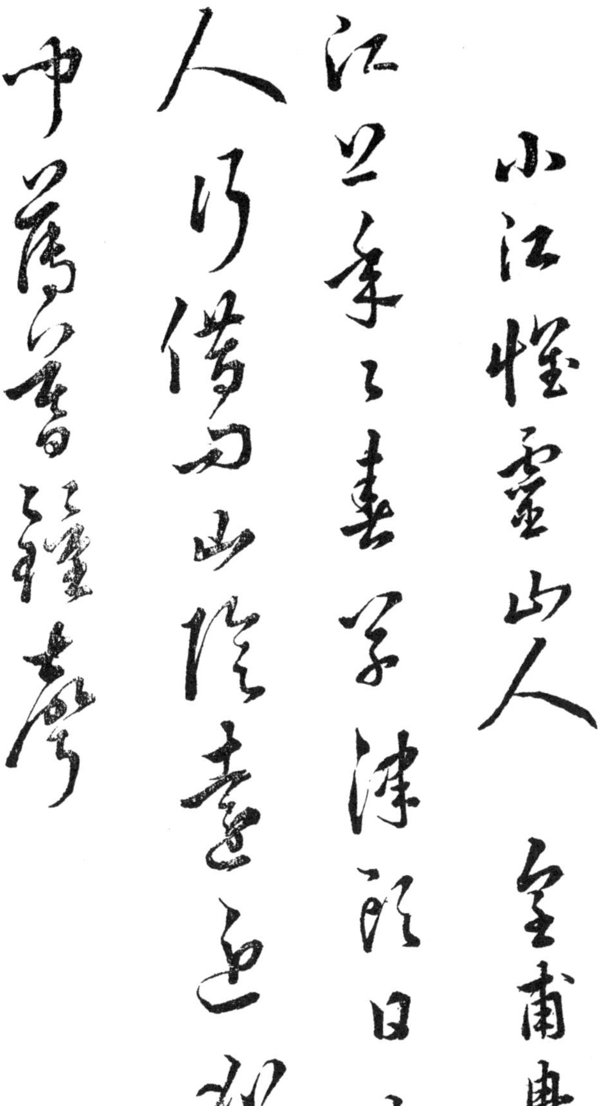

小江懷靈山人　皇甫冉

江上年年春早
津頭日日人行
借問山陰遠近
猶聞薄暮鐘聲

張一遜

작은 강에서 영 산인을 생각하다

小江懷靈山人[1)]

황보염(皇甫冉)

江上年年春早　　강가에 해마다 봄이 빠르고
津頭日日人行　　나루 앞은 매일매일 사람들이 다니네
借問山陰遠近[2)]　　물어보자 산음의 원근에서
猶聞薄暮鐘聲　　여전히 석양의 종소리 듣는지

【주석】

1) 小江懷靈山人(소강회령산인) : 『전당시』에는 〈小江懷靈一上人(소강회령일상인)〉으로 되어 있다. 영일(靈一)은 당나라 승려 시인으로, 주방(朱放), 황보염(皇甫冉) 형제와 친했다.

2) 山陰(산음) : 월주(越州) 회계군(會稽郡)에 있는 현(縣) 이름. 지금의 절강성 소흥시(紹興市)이다.

遣懷 柳宗元

小苑流鶯啼盡長門
浪蝶翻春烟鎖顰眉慵
歸倚欄無限傷心

獨醒子

회포를 풀다

遣懷[1] 유종원(柳宗元)[2]

小苑流鶯啼晝　　작은 동원에 나는 꾀꼬리 우는 낮인데
長門浪蝶翻春[3]　　장문궁에 팔랑이는 나비 나는 봄이네
煙鎖顰眉慵飾　　연기에 싸여 눈썹 찡그리며 게을리 단장하고
倚欄無限傷心　　난간에 기대 무한하게 상심하네

【주석】

1) 遣懷(견회) : 『전당시』에는 보이지 않는다. 아마 위작이 아닌가 싶다.

2) 유종원(柳宗元) : 773–819. 자는 자후(子厚), 하동(河東 : 산서성 永濟縣 일대) 사람. 정원(貞元) 9년(793)에 진사가 되고, 또 박사굉사과(博學宏辭科)에 올랐다. 교서랑(校書郎)이 되고, 남전위(藍田尉)를 지냈다. 정원 19년, 감찰어사(監察御史)가 되었다. 왕숙문(王叔文)과 위집의(韋執誼)가 집정하자, 유종원을 더욱 우대하여 상서예부원외랑(尙書禮部員外郎)으로 발탁했다. 왕숙문이 패하자, 유종원은 영주사마(永州司馬)로 좌천되었다. 원화(元和) 10년에 유주자사(柳州刺史)로 옮겨서, 14년에 병사했다.

유종원은 한유와 함께 고문운동에 앞장서서 문풍의 쇄신에 힘을 써서 당시 산문가로서 명성을 떨쳤다. 시 또한 독자적인 경계를 열어서 높은 평을 받았다.

3) 長門(장문) : 한(漢)나라 궁전 이름으로, 한무제(漢武帝) 때 무제의 총애를 잃은 진황후(陳皇后)가 살던 곳인데, 후대에는 흔히 임금의 총애를 잃은 여인이 사는 곳을 뜻하게 되었다.

閏月重陽賞菊　孟宛

前月登高落帽今朝提
酒稱觴上林菊花何幸
遭逢兩度重陽

武林陸維謹

윤달 중양절에 국화를 감상하다

閏月重陽賞菊[1]

맹완(孟宛)[2]

前月登高落帽[3]　　지난 달 등고하여 모자 떨구었는데
今朝提酒稱觴　　오늘 아침 술을 들고 잔에 따르네
上林菊花何幸[4]　　상림의 국화는 얼마나 다행인가
遭逢兩度重陽　　두 번이나 중양절을 만났네

【주석】

1) 閏月重陽賞菊(윤월중양상국) : 『전당시』에는 보이지 않는다. 아마 위작이 아닌가 싶다.

2) 맹완(孟宛) : 미상.

3) 登高落帽(등고락모) : 『진서(晉書)·맹가열전(孟嘉列傳)』에 "맹가가 환온(桓溫)의 참군(參軍)이 되었다. 9월 9일에 환온이 용산(龍山)에서 잔치를 열었는데 그때 바람이 불어 맹가의 모자가 떨어졌으나 맹가가 모르자, 환온이 손성(孫盛)으로 하여금 글을 지어 맹가를 조롱하도록 하였다. 그런데 맹가가 즉석에서 답하는 글을 지었는데, 그 글이 매우 아름다웠으므로 주위의 사람들이 탄복하였다."라고 하였다.

4) 上林(상림) : 상림원(上林苑). 궁궐의 원림(園林)을 말한다.

村居　王建

萋萋春草秋綠落落長松
夏寒牛羊自歸村巷童穉
不識衣冠

士儀

시골 거처

村居[1)]

왕건(王建)[2)]

萋萋春草秋綠　　무성한 봄풀은 가을에도 초록이고
落落長松夏寒　　우거진 큰 소나무는 여름에도 서늘하네
牛羊自歸村巷　　소와 양은 스스로 마을길로 돌아오고
童稚不識衣冠[3)]　　애들은 의관을 모르네

【주석】

1) 村居(촌거) : 왕유(王維)의 〈田園樂七首(전원락7수)〉의 잘못이다.

2) 왕건(王建) : 왕유(王維)의 잘못이다.

3) 衣冠(의관) : 관리를 말한다.

山行 杜牧之

家住白雲山北路迷碧
水橋東短髮瀟瀟暮雨
長襟落落秋風

沈惟廬

산행

山行[1]

두목지(杜牧之)[2]

家住白雲山北　　집은 백운산 북쪽에 있고
路迷碧水橋東　　길은 벽수교 동쪽에서 희미하네
短髮瀟瀟暮雲[3]　　짧은 머리는 소소한 저녁 구름 속에 있고
長襟落落秋風[4]　　긴 옷깃은 낙락한 가을바람에 있네

【주석】

1) 山行(산행) : 『전당시』에는 보이지 않는다. 아마 위작이 아닌가 싶다.

2) 두목지(杜牧之) : 목지(牧之)는 두목의 자이다. 803-852. 경조(京兆) 만년(萬年: 섬서성 西安市) 사람. 두우(杜佑)의 손자. 태화(太和) 2년(828)에 진사에 합격하고, 다시 현량방정(賢良方正)에 올랐다. 감찰어사(監察御史)와 전중시어사(殿中侍御史)를 지내고 좌보궐(左補闕)로 옮기고, 선부원외랑(膳部員外郎)을 지냈다. 황주(黃州)·지주(池州)·목주(睦州) 등의 자사(刺史)를 역임한 후, 들어와서 사훈원외랑(司勳員外郎)이 되었다. 고공랑중지제고(考功郎中知制誥)에서 중서사인(中書舍人)으로 옮겨서 관직을 마쳤다.

두목의 시는 정치(情致)가 호매(豪邁)했는데, 사람들이 소두(小杜)라고 부르며 두보와 구별했다. 번천(樊川)이라고도 한다.

두목의 「헌시계(獻詩啓)」에서 "저는 고심하여 시를 짓는데, 다만 고절(高絕)만을 구하고, 기려(奇麗)함에는 힘쓰지 않고, 습속(習俗)을 따르지 않고, 지금도 아니고 옛날도 아니고, 중간에 처해 있습니다."라고 했다.

3) 瀟瀟(소소) : 비가 내리는 모양.

4) 落落(낙락) : 바람이 그치지 않는 모양.

秋晩

白湛淵

暮鳥煙栖林樹樹高高霞霞
梧桐一帶殘陽幾子亂鴉
梧梓秋風

太空

가을 저녁

秋晩[1]

백호연(白浩然)[2]

暮鳥煙栖林樹　　저녁 새는 안개 속에 숲 나무에 깃들고
高齋露下梧桐　　고아한 서재 오동나무에 이슬 내리네
一帶殘陽衰草　　일대의 석양에 시든 풀들 있고
數家砧杵秋風　　서너 집 다듬질소리 가을바람 속에 있네

【주석】

1) 秋晩(추만) : 『전당시』에는 보이지 않는다. 아마 위작이 아닌가 싶다.

2) 백호연(白浩然) : 미상.

自述

白居易

白晝孤鶴風雨深

山臥龍閑石追思古典

著述已是三分

席林沈德鉛

스스로 진술하다

自述[1]

백거이(白居易)[2]

雲霞白晝孤鶴	구름 놀 속 대낮에 외로운 학이 날고
風雨深山臥龍[3]	비바람 치는 깊은 산엔 용이 누웠네
閉門追思古典	문 닫고 고전을 생각하는데
著述已足三冬[4]	저술은 삼동이 이미 족하네

【주석】

1) 自述(자술) : 『전당시』에는 보이지 않는다. 아마 위작이 아닌가 싶다.

2) 백거이(白居易) : 772-846. 자는 낙천(樂天), 하봉(下封 : 섬서성 渭南縣) 사람. 정원(貞元) 16년(800)에 진사가 되어, 원진(元稹)과 함께 비서성교서랑(秘書省校書郎)에 임명되었다. 그 후 한림학사(翰林學士)와 좌습유(左拾遺)를 지냈다. 원화(元和) 5년(810)에 상소하여 원진을 구원하려 한 일로 인하여 경조부조참군(京兆府曹參軍)으로 좌천되었다. 원화 10년(815)년 강도에게 피살된 재상 무원형(武元衡)에 대한 상소를 올렸다가 강주(江州 : 강서성 九江市) 사마(司馬)로 좌천되었다. 나중에 지제고(知制誥)·중서사인(中書舍人)·형부시랑(刑部侍郎) 등을 거쳐 태자소부(太子少傅)에 임명되었다. 회창(會昌) 2년(842)에 형부상서(刑部尙書)로서 관직을 마쳤다. 만년에 낙양(洛陽) 향산사(香山寺)에 우거(寓居)했는데 자호(自號)를 향산거사(香山居士)라고 했다.

3) 臥龍(와룡) : 은거하는 인재를 말한다. 유비(劉備)가 형주(荊州) 신야(新野)에 있을 때 서서(徐庶)가 "제갈공명은 누워 있는 용과 같은 인물이다.[諸葛孔明者 臥龍也]"라고 추천하면서 한번 찾아가 보기를 권한 고사가 전한다.

4) 三冬(삼동) : 겨울철 석 달간의 농한기에 독서하며 학문에 매진하는 것을 말한다. 동방삭(東方朔)이 한 무제에게 올린 글에 "나이 13세에 글을 배워 겨울 석 달간 익힌 문사의 지식이 응용하기에 충분하다.[年十三學書 三冬文史足用]"고 하였다.

醉興　李白

江風索我狂吟山月笑我
酣飲醉臥松竹梅林天
地藉為衾枕

俞見龍

취흥

醉興[1] 이백(李白)

江風索我狂吟　　강바람은 나의 미친 읊조림을 찾고
山月笑我酣飮　　산달은 나의 만취함을 비웃네
醉臥松竹梅林　　솔 대나무 매화 숲에 취해 누우니
天地藉爲衾枕　　천지가 잠자리를 깔아주네

【주석】

1) 醉興(취흥) : 『전당시』에는 보이지 않는다. 아마 위작이 아닌가 싶다.

雪梅 李太白

新安江水清淺黃山白雲

崔嵬徧地雨中春光子盈

枝雪後寒梅

吳士哲

눈 속의 매화

雪梅[1]

이태백(李太白)

新安江水清淺[2] 신안강 물은 맑고 얕은데
黃山白雲崔嵬[3] 황산 흰 구름은 드높네
徧地雨中春草 도처엔 빗속의 봄풀들이고
盈枝雪後寒梅 가지 가득히 눈 온 후 한매가 피었네

【주석】

1) 雪梅(설매) : 『전당시』에는 보이지 않는다. 아마 위작이 아닌가 싶다.

2) 新安江(신안강) : 휘주(徽州 : 안휘성 黃山市) 경내에서 발원하여 동북쪽 전당강(錢塘江)으로 흘러가는 강.

3) 黃山(황산) : 안휘성 황산시(黃山市) 경내에 있는 산.

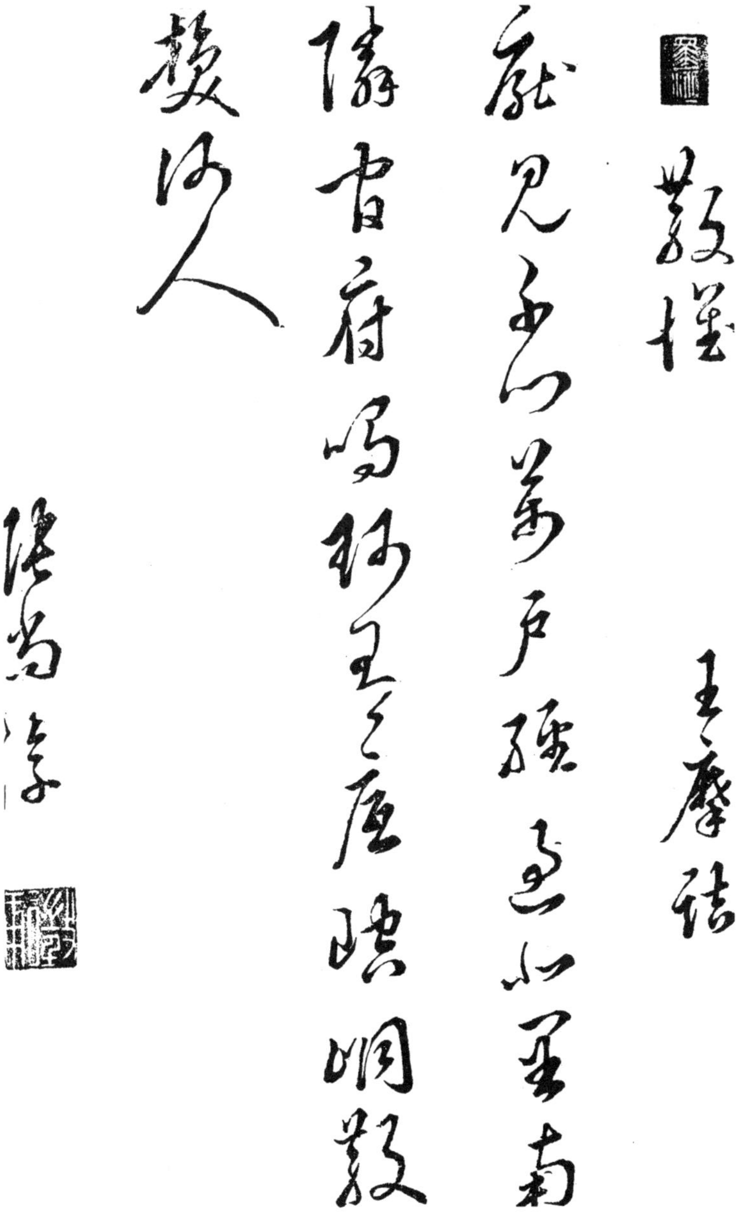

산회

散懷[1] 왕마힐(王摩詰)

厭見千門萬戶　　천문 만호를 실컷 보면서
經過北里南隣　　북쪽 마을과 남쪽 이웃을 지나네
官府鳴珂有底[2]　　관부의 말 옥장식 소리 나직하고
崆峒散髮何人[3]　　공동산의 산발머리는 누구인가

【주석】

1) 散懷(산회) : 왕유(王維)의 〈田園樂七首(전원락7수)〉 중의 한 수이다.

2) 鳴珂(명가) : 말에 장식하는 옥.

3) 崆峒(공동) : 산 이름. 고대 전설상의 선인(仙人)인 광성자(廣成子)가 공동산의 석실(石室)에 은거하였는데, 황제(黃帝)가 재위(在位) 19년 만에 그를 찾아가 도를 묻고 수도 끝에 지도(至道)의 정수를 얻었다는 이야기가 『장자·재유(在宥)』에 나온다.

對琴

劉長卿

淨几橫琴曉寒梅花落盡
絃間秋欲清吟無向樽頻
門外青山

張仲子

금을 대하고

對琴[1]

유장경(劉長卿)[2]

淨几橫琴曉寒　　정결한 궤안에 놓인 금은 새벽에 차갑고
梅花落在弦間　　매화는 현 사이에 떨어지네
我欲淸吟無句　　내가 맑게 읊조릴 시구가 없는데
轉頭門外靑山　　머리 돌려 문 밖 푸른 산을 보네

【주석】

1) 對琴(대금) : 이 시는 송나라 양간(楊簡, 1141-1226)의 〈절구(絶句)〉이다. 양간은 자는 경중(敬仲), 자계(慈谿) 사람. 건도(乾道) 5년에 진사가 되고, 영종(寧宗) 때 소감(少監)을 지내고, 지온주(知溫州)를 지냈다.

2) 유장경(劉長卿) : 709-780?. 자는 문방(文房), 하간(河間 : 지금의 하북성 河間縣) 사람. 개원(開元) 21년(733)에 진사가 되었다. 숙종(肅宗) 지덕(至德) 연간에 감찰어사(監察御使)를 지냈다. 검교사부원외랑(檢校祠部員外郎)으로서 전운사판관(轉運使判官)되어 회남(淮南)과 악악(鄂岳)의 전운유후(轉運留後)를 맡았다. 악악관찰사(鄂岳觀察使) 오중유(吳仲孺)의 무고를 당하여 반주(潘州) 남파위(南巴尉)로 좌천되었다. 때마침 그를 변호해 준 사람이 있어서 목주사마(睦州司馬)에 임명되었고, 수주자사(隨州刺史)로 관직을 마쳤다.

유장경은 상원(上元)·보응(寶應) 연간에 시명을 날렸다. 후인들은 그를 성당 시인 혹은 대력십재자(大曆十才子)로 대했다. 특히 오언율시에 뛰어났는데, 권덕여(權德輿)는 그를 '오언장성(五言長城)'이라 불렀다. 전기(錢起)와 함께 '전류(錢劉)'라고 병칭되었다.

感懷

劉長卿

白雲千里萬里明月前溪
後溪惆悵長沙謫去江
潭芳草萋萋

柯尙治

감회

感懷[1]

유장경(劉長卿)

白雲千里萬里　　흰 구름 천리 만리에 있고
明月前溪後溪　　밝은 달은 앞 내와 뒷 내에 있네
惆悵長沙謫去[2]　　슬프다 장사로 귀양 가던 일
江潭芳草萋萋　　강담엔 방초가 무성하네

【주석】

1) 感懷(감회) : 『전당시』에는 〈苕溪酬梁耿別后見寄(초계수량경별후견기)〉로 되어 있다. 원래 8구의 시 중의 뒤 4구이다. 앞 구의 시는 "清川永路何極, 落日孤舟解攜. 鳥向平蕪遠近, 人隨流水東西."이다.

2) 長沙謫去(장사적거) : 한(漢)나라 가의(賈誼)가 참소를 당하여 장사(長沙)로 귀양을 갔었다. 장사는 지금의 호남성 장사시이다.

山寺秋霽

張仲素

月落溪流渺渺
寺秋山靄蒼蒼
樹色猶含殘雨
鐘聲遠帶斜陽

觀瀾

산사의 맑은 가을

山寺秋霽[1]　　　　　장중소(張仲素)[2]

水落溪流淺淺　　물 빠진 개울 물 얕고
寺秋山靄蒼蒼　　가을 절간 산 아지랑이 푸르네
樹色猶含殘雨　　나무 색은 여전히 남은 비를 머금고
鐘聲遠帶斜陽　　종소리는 멀리 석양을 띠었네

【주석】

1) 山寺秋霽(산사추제) : 『전당시』에는 보이지 않는다. 아마 위작이 아닌가 싶다.

2) 장중소(張仲素) : ?-819. 자는 회지(繪之), 하간(河間) 사람. 정원(貞元) 14년(798)에 진사에 합격하고, 다시 박학굉사과(博學宏辭科)에 합격했다. 무강군종사(武康軍從事)에 임명되고, 사훈원외랑(司勳員外郞)으로 옮겼다. 헌종(憲宗) 때 한림학사(翰林學士)가 되고 나중에 중서사인(中書舍人)으로 관직을 마쳤다.

『당재자전(唐才子傳)』에 "(장중소)는 시를 잘 지었는데, 경구(警句)가 많다. 더욱 악부에 정교(精巧)했는데, 옛사람도 생각하지 못했던 것이 있다"라고 했다.

長門怨　白居易

花落長門無語鳥啼芳樹依
微深殿月來徧早後宮春
至何遲

張存樸

장문원

長門怨[1]

백거이(白居易)

花落長門無語　　꽃 떨어진 장문에선 말이 없고
鳥啼芳樹依微　　새 우는 꽃나무는 희미하네
深殿月來偏早　　깊은 궁전에 달은 너무 빨리 이르는데
後宮春至何遲　　후궁엔 봄이 오는 것이 어찌 더딘가

【주석】

1) 長門怨(장문원) : 『전당시』에는 보이지 않는다. 아마 위작이 아닌가 싶다. 〈장문원〉은 악부(樂府) 이름. 『악부시집(樂府詩集)』 중 장문원(長門怨)의 제해(題解)에 인용한 『악부해제(樂府解題)』에 따르면, "장문원은 진 황후(陳皇后)를 위해 지은 것으로, 황후가 장문궁(長門宮)으로 물러나 번민과 슬픔에 싸여 지내다가 사마상여(司馬相如)가 문장 솜씨가 좋다는 말을 듣고 황금 백 근을 바치며 근심을 풀어 줄 글을 짓게 하였다. 이에 사마상여가 장문부(長門賦)를 지었는데, 황제가 그것을 보고 가슴 아파했다. 그래서 황후는 다시 무제의 사랑을 받게 되었다. 후대에 이 부를 '장문원'이라 하였다."고 했다.

春眠

王維

桃紅復含宿雨柳綠更
帶春煙花落家童未
掃鶯啼山客猶眠

鳴卿

봄 잠

春眠[1)] 왕유(王維)

桃紅復含宿雨　　붉은 복사꽃은 다시 묵은 비를 머금고
柳綠更帶朝煙　　초록 버들은 또한 아침 안개를 띠었네
花落家童未掃　　꽃이 져도 집 아이는 돌아오지 않고
鶯啼山客猶眠　　꾀꼬리 우는데 산객은 여전히 자고 있네

【주석】

1) 春眠(춘면) : 왕유(王維)의 〈田園樂七首(전원락7수)〉 중의 한 수이다.

野望

杜牧之

清川永路何極落日孤舟
解攜鳥向平蕪遠近人
隨流水東西

俞士仁

들에서 조망하다

野望[1] 두목지(杜牧之)[2]

清川永路何極　　맑은 물 긴 길은 어찌 끝이 없는가
落日孤舟解攜　　석양에 외로운 배를 끌고 가네
鳥向平蕪遠近　　새는 원근의 들판을 향하고
人隨流水東西　　사람은 동서의 냇물을 따라가네

【주석】

1) 野望(야망) :『전당시』에는 〈초계수량경별후견기(苕溪酬梁耿別後見寄)〉라고 되어 있다. 원래 8구인데 이 시는 앞 4구이다.

2) 두목지(杜牧之) :『전당시』에는 유장경(劉長卿)의 시로 되어 있다. 작자를 두목(杜牧)이라 한 것은 오류이다.

煙雨

常元旦

烟雨湖光軟漾空濛山色生
奇憶自段家橋水流連不覺
遄飛

余穉經

안개비

煙雨[1] 위원단(韋元旦)[2]

煙雨湖光軟漾 안개비 속 호수 빛 가볍게 출렁이고
空濛山色生奇[3] 흐릿한 산색은 기이한 모습 생겨나네
憶自段家橋水[4] 단가교 물을 생각하니
流連不覺遄飛 물결이 빠르게 날리는 것을 깨닫지 못하네

【주석】

1) 煙雨(연우) : 『전당시』에는 보이지 않는다. 아마 위작이 아닌가 싶다.

2) 위원단(韋元旦) : 생졸년 미상. 경조(京兆) 만년(萬年) 사람. 진사에 합격하고 동아위(東阿尉)에 임명되고, 좌대감찰어사(左臺監察御史)가 되었다. 장이지(張易之)와 인척이었는데 장이지가 패망하자 감의위(感義尉)로 좌천되었다. 나중에 중서사인(中書舍人)을 지냈다. 심전기(沈佺期)와 친했다.

3) 空濛(공몽) : 흐릿한 모양.

4) 段家橋(단가교) : 절강성 항주(杭州) 서호(西湖)의 단교(斷橋).

蓮花

李太白

輕棹泛泛紅妝湘裙波
濺鴛鴦蘭麝薰風縹
緲吹來都作蓮香

汪懋學

연화

蓮花[1]

이태백(李太白)

輕橈泛泛紅妝[2]　　가벼운 배 둥실둥실 미인이 타고 있고
湘裙波濺鴛鴦[3]　　비단치마 앞 물결 얕은데 원앙이 있네
蘭麝薰風縹緲　　난과 사향의 향기바람 아득하고
吹來都作蓮香　　불어와서 모두 연꽃 향이 되네

【주석】

1) 蓮花(연화) : 『전당시』에는 보이지 않는다. 아마 위작이 아닌가 싶다.

2) 輕橈(경요) : 가벼운 노. 작은 배를 말한다. 泛泛(범범) : 둥실둥실 떠있는 모양.

3) 湘裙(상군) : 상(湘) 지역의 비단으로 만든 치마. 미인의 치마를 말한다.

春山晚行

岑參

洞口桃花帶雨溪頭楊柳牽
風鳥度殘陽上下人隨流水西
東

徐士信

봄 산의 저녁 길

春山晩行[1)]

잠삼(岑參)[2)]

洞口桃花帶雨	골짜기 입구 복사꽃은 비를 띠고
溪頭楊柳牽風	개울 머리 버들은 바람을 이끄네
鳥度殘陽上下	새는 석양 위아래를 지나가고
人隨流水西東	사람은 흐르는 물 동서를 따라가네

【주석】

1) 春山晩行(춘산만행) : 『전당시』에는 보이지 않는다. 아마 위작이 아닌가 싶다.

2) 잠삼(岑參) : 715–770. 남양(南陽 : 河南) 사람. 나중에 강릉(江陵 : 湖北)으로 옮겼다. 어려서 빈천했는데 스스로 독서에 열중하여 천보(天寶) 3년(744), 30세에 과거에 합격했다. 병조참군(兵曹參軍)을 지내고, 두 차례 서북 변경으로 나가서 고선지(高仙之)와 봉상청(封常淸)의 막부에서 7여 년간 변경생활을 했다. 숙종 지덕(至德) 2년(757)에 두보(杜甫) 등의 추천으로 우보궐(右補闕)이 되었으나 풍자시로 인하여 괵주자사(虢州刺史)로 좌천되었다. 대력(大曆) 원년(766) 두홍점(杜鴻漸)의 막료가 되어 촉(蜀)지역의 반란 진압에 참여한 후, 가주자사(嘉州刺史)를 1년여 간 지냈다. 파직한 후 성도(成都)의 여관에서 병사했다.

溪村

白樂天

蒲短斜侵釣艇溪迴曲抱人
家隔樹惟聞啼鳥捲簾時見
飛花

文石

개울가 마을

溪村[1)]

백낙천(白樂天)[2)]

蒲短斜侵釣艇	짧은 부들 비스듬히 낚싯배에 침범하고
溪迴曲抱人家	도는 개울은 굽으며 인가를 껴안았네
隔樹惟聞啼鳥	숲 너머엔 오직 꾀꼬리소리 들려오고
捲簾時見飛花	주렴 걷고 때때로 나는 꽃잎을 보네

【주석】

1) 溪村(계촌) : 『전당시』에는 보이지 않는다. 아마 위작이 아닌가 싶다.

2) 백낙천(白樂天) : 백거이(白居易). 낙천은 백거이의 자이다.

秋夜新月

王建

가을 규방의 새 달

秋閨新月[1]

왕건(王建)

遙憶征夫遠戍[2]	낭군의 먼 수루를 아득히 생각하고
落花幾度風前	낙화는 몇 번이나 바람 앞을 지났는가
雁足鄉書未見[3]	기러기 발에선 고향 편지를 보지 못하고
蛾眉新月空懸[4]	고운 눈썹 같은 새 달이 허공에 매달렸네

【주석】

1) 秋閨新月(추규신월) : 『전당시』에는 보이지 않는다. 아마 위작이 아닌가 싶다.

2) 征夫(정부) : 군역을 위해 멀리 떠난 낭군을 말한다. 遠戍(원수) : 변방의 수루(戍樓).

3) 雁足鄉書(안족향서) : 편지를 말한다. 한무제(漢武帝) 때 소무(蘇武)가 흉노(匈奴)에 사신으로 갔을 때 흉노의 선우(單于)가 그를 굴복시키려고 온갖 회유와 협박을 가해도 소용이 없자 북해(北海) 주변의 황량한 변방에 그를 안치하고 양을 치게 하였다. 그 뒤 소제(昭帝)가 흉노와 화친을 맺고서 소무를 돌려보내 줄 것을 요청하자, 흉노 측에서는 소무가 이미 죽었다고 속였는데, 이에 한나라 사신이 "우리 천자가 상림원에서 기러기를 쏘아 잡았는데, 기러기 발목에 묶인 편지에 '소무 등이 어느 늪 속에 있다.'라고 하였다.[天子射上林中得雁 足有係帛書 言武等在某澤中]"라고 기지를 발휘하며 다그친 덕분에 소무가 19년 만에 귀국하게 되었다는 안족전서(雁足傳書)의 고사가 있다.

4) 蛾眉(아미) : 누에나방의 눈썹. 주로 미인의 눈썹을 말한다.

渡黃河

崔惠童

孟津城北河開商賈移
舟緋細寶有龍蛇地
揭虛競牛斗天來

垂雲道人鵬

황하를 건너다

渡黃河[1)]

최혜동(崔惠童)[2)]

孟津城北河開[3)]　　맹진의 성북 쪽 황하가 열리고
商賈移舟徘徊[4)]　　장사꾼들은 배를 옮겨 배회하네
實有龍蛇地揭[5)]　　실로 용사의 땅이 드러나니
虛疑牛斗天來[6)]　　두우성이 하늘에서 왔나 싶네

【주석】

1) 渡黃河(도황하) : 『전당시』에는 보이지 않는다. 아마 위작이 아닌가 싶다.

2) 최혜동(崔惠童) : 박주(博州) 사람. 우요위장군(右驍衛將軍), 기주자사(冀州刺史) 정옥(庭玉)의 아들. 명황(明皇)의 진국공주(晉國公主)의 부마였음.

3) 孟津(맹진) : 황하(黃河)에 있던 옛 나루. 지금의 하남성 맹진현(孟津縣) 동북, 맹현(孟縣)의 서남에 있었음. 주(周)나라 무왕(武王)이 은(殷)나라를 치기 위하여 제후들과 회맹(會盟)한 곳으로, 이때 군사들을 두고 맹세한 내용을 기록한 것이 『서경』「태서(泰誓)」이다.

4) 商賈(상고) : 상인(商人).

5) 龍蛇(용사) : 걸출한 인물이나 사물, 또는 특출난 재주를 뜻한다. 『춘추좌전(春秋左傳)』 양공(襄公) 21년 조에, "깊은 산과 큰 연못에는 실로 용사가 생겨난다." 하였다.

6) 牛斗(우두) : 별 이름. 우수(牛宿)와 두수(斗宿).

春景 李白

門對寉溪流水雲連雁宕
仙家誰解幽人幽意慣
看山鳥山花

世芳父

봄 경치

春景[1]

이백(李白)

門對鶴溪流水[2]　　문은 학계의 흐르는 물을 대하고
雲連雁宕仙家[3]　　구름은 안탕산 선가에 이어졌네
誰解幽人幽意[4]　　누가 유인의 그윽한 뜻을 이해하는가
慣看山鳥山花　　산새와 산꽃을 익숙히 보네

【주석】

1) 春景(춘경) : 『전당시』에는 보이지 않는다. 아마 위작이 아닌가 싶다.
2) 鶴溪(학계) : 절강성(浙江省) 경녕(景寧)에 있는 소계(小溪)의 지류. 한(漢)나라 때 신선 부구공(浮丘公)이 쌍학을 거느리고 이곳에 거주했다고 전한다.
3) 雁宕(안탕) : 안탕산(雁蕩山). 절강성 온주시(溫州市) 동북쪽 바닷가에 있다.
4) 幽人(유인) : 은자(隱者).

夏景　李白

竹簟高人睡覺水亭野
客狂登簷外薰風燕語
庭前綠樹蟬鳴

稚[illegible]

여름 경치

夏景[1]

이백(李白)

竹簟高人睡覺[2]　대자리의 고인은 잠을 깨고
水亭野客狂登　물가 정자에 야객은 힘써 오르네
簾外薰風燕語　주렴 밖 향기로운 바람 속 제비 재잘대고
庭前綠樹蟬鳴　마당 앞 초록나무엔 매미 우네

【주석】

1) 夏景(하경) : 『전당시』에는 보이지 않는다. 아마 위작이 아닌가 싶다.

2) 高人(고인) : 지행(志行)이 고상한 사람.

穐景

李白

昨夜西風忽轉驚看雁
度平林詩興正當幽寂
推敲韻落寒砧

古林

가을 경치

秋景[1]

이백(李白)

昨夜西風忽轉	어젯밤 서풍이 갑자기 돌고
驚看雁度平林[2]	기러기가 들 숲을 지남을 놀라며 보았네
詩興正當幽寂[3]	시흥이 진정 고요함을 대하고
推敲韻落寒砧[4]	추고하니 운치 있게 떨어지는 다듬질 소리이네

【주석】

1) 秋景(추경) : 『전당시』에는 보이지 않는다. 아마 위작이 아닌가 싶다.

2) 平林(평림) : 평원의 숲.

3) 幽寂(유적) : 고요함.

4) 推敲(추고) : 시문의 자구(字句)를 점검하여 고치는 것. 寒砧(한침) : 가을날의 다듬질.

題畫

李邕

對雪寒窩酌酒敲冰暖
閣烹茶醉裏呼童展畫
咲題松竹梅花

君玉山人

그림에 적다

題畫[1)] 이옹(李邕)[2)]

對雪寒窩酌酒	눈 대하고 추운 집에서 술 따르고
敲冰暖閣烹茶	얼음 깨어 따뜻한 누각에서 차 끓이네
醉裏呼童展畫	취하여 동자 불러 그림을 펴고
笑題松竹梅花	솔 대나무 매화그림에 미소 띠고 적네

【주석】

1) 題畫(제화) : 『전당시』에는 보이지 않는다. 아마 위작이 아닌가 싶다.

2) 이옹(李邕) : 678-747. 자는 태화(泰和), 악주(鄂州) 강하(江夏 : 湖北省 武漢市 武昌區) 사람. 그 부친 이선(李善)은 『문선(文選)』의 주석을 냈다. 좌습유(左拾遺), 호부원외랑(戶部員外郞), 괄주자사(括州刺史), 북해태수(北海太守) 등을 지냈다.

尋張逸人山居　劉長卿

危石纔通鳥道空山更有人
家桃源定在深處澗水浮來
落花

清甫

장일인 산거를 방문하다

尋張逸人山居 유장경(劉長卿)

危石纔通鳥道[1]　　높은 바위는 겨우 조도에 통하고
空山更有人家　　빈산에 다시 인가가 있네
桃源定在深處　　도원은 진정 깊은 곳에 있으니
澗水浮來落花　　계곡 물에 떠내려 오는 낙화이네

【주석】

1) 危石(위석) : 높고 커다란 바위. 鳥道(조도) : 험준하고 좁은 산길.

寒食

柳宗元

春雨黃昏草漲榆錢滿
地浪飛祇逢今日寒食
游子躊馬江畔

張道會

한식

寒食

유종원(柳宗元)

春雨黃昏草微	봄비 내리는 황혼에 풀은 작고
楡錢滿地浪飛[1)]	유전은 땅에 가득히 마구 날리네
只逢今日寒食	단지 금일 한식날을 만나니
遊子跨馬征歸	나그네는 말 타고 귀향을 하네

【주석】

1) 楡錢(유전) : 느릅나무 열매. 동전과 비슷하여 부르는 이름이다. 유협전(楡莢錢)이라고도 한다.

村樂

杜子美

心遠不知市近家貧惟鄰
年豐衆皆寧忘了顏
毛已作山翁

俞文煒

시골의 즐거움

村樂[1]

두자미(杜子美)[2]

心遠不知市近　　마음 고원하니 저자가 가까운 것을 모르고
家貧惟欲年豊　　집안 가난하니 오직 풍년 들길 바라네
炙背寧忘王子[3]　　등이 따뜻하니 어찌 왕자를 잊겠는가만
顚毛已作山翁　　머리털은 이미 산 늙은이가 되었네

【주석】

1) 村樂(촌락) : 『전당시』에는 보이지 않는다. 아마 위작이 아닌가 싶다.

2) 두자미(杜子美) : 자미는 두보(杜甫)의 자이다. 712-770. 원적(原籍)은 양양(襄陽 : 지금의 호북성 襄陽縣)이고, 증조부 때 하남(河南) 공현(鞏縣)으로 옮겼다. 진(晉)나라 두예(杜預)의 13대손이며 두심언(杜審言)의 손자이다. 오월(吳越)과 제조(齊趙) 지역을 8, 9년 동안 여행하며 이백(李白) 및 고적(高適) 등과 사귀었다. 안록산의 난 때 현종이 촉(蜀)으로 피난가고, 숙종(肅宗)이 영무(靈武)에서 즉위하자, 두보는 반란군으로부터 탈출하여 영무로 가서 배알하고 좌습유(左拾遺)에 임명되었다. 건원(乾元) 2년(759)에 벼슬을 버리고 서쪽으로 가서, 성도(成都)의 초당(草堂)에 안주했다. 엄무(嚴武)에게 의탁했는데, 엄무가 죽은 후 가족을 거느리고 기주(夔州)로 옮겼다. 대력(大曆) 3년(768)에 기주를 떠나 여러 곳을 떠돌다가 침주(郴州)로 가는 도중 뇌양(耒陽)에서 빈곤과 병으로 배 안에서 객사했다. 향년 59세였다.

3) 炙背(자배) : 햇볕에 등을 쬐는 것으로 곧 임금을 생각하는 성의에 비유한 말이다. 춘추 시대 송(宋) 나라의 한 야인(野人)이 떨어진 옷으로 겨울을 지내다가 따뜻한 봄날을 맞이하여 하루는 그의 등을 햇볕에 쪼이니 매우 즐거운 마음이 들어, 자기 아내에게 "이렇게 좋은 것을 아는 사람이 없으니, 이 법을 우리 임금에게 아뢰면 큰 상을 받지 않겠는가."라고 하였다. 『열자(列子)·양주(楊朱)』에 보인다.

草廬

杜牧之

昔夢臥龍勝蹟今登忠武
祠堂南陽樓閣壯麗草廬
千載輝煌

陳呂

초려

草廬[1] 두목지(杜牧之)

昔夢臥龍騰蹟[2]	어제 와룡이 오른 자취를 꿈꾸었는데
今登忠武祠堂[3]	오늘 충무사당에 오르네
南陽樓閣壯麗	남양 누각은 장려한데
草廬千載輝煌	초려가 천년 동안 빛나네

【주석】

1) 草廬(초려) : 『전당시』에는 보이지 않는다. 아마 위작이 아닌가 싶다. 초려는 제갈량(諸葛亮)이 남양(南陽)에서 은거하던 곳이다. 유비(劉備)가 이곳을 찾아간 삼고초려(三顧草廬)의 고사가 있다.

2) 臥龍(와룡) : 제갈량의 호이다.

3) 忠武祠堂(충무사당) : 제갈량의 사당인 성도(盛都)의 무후사(武侯祠)를 말한다.

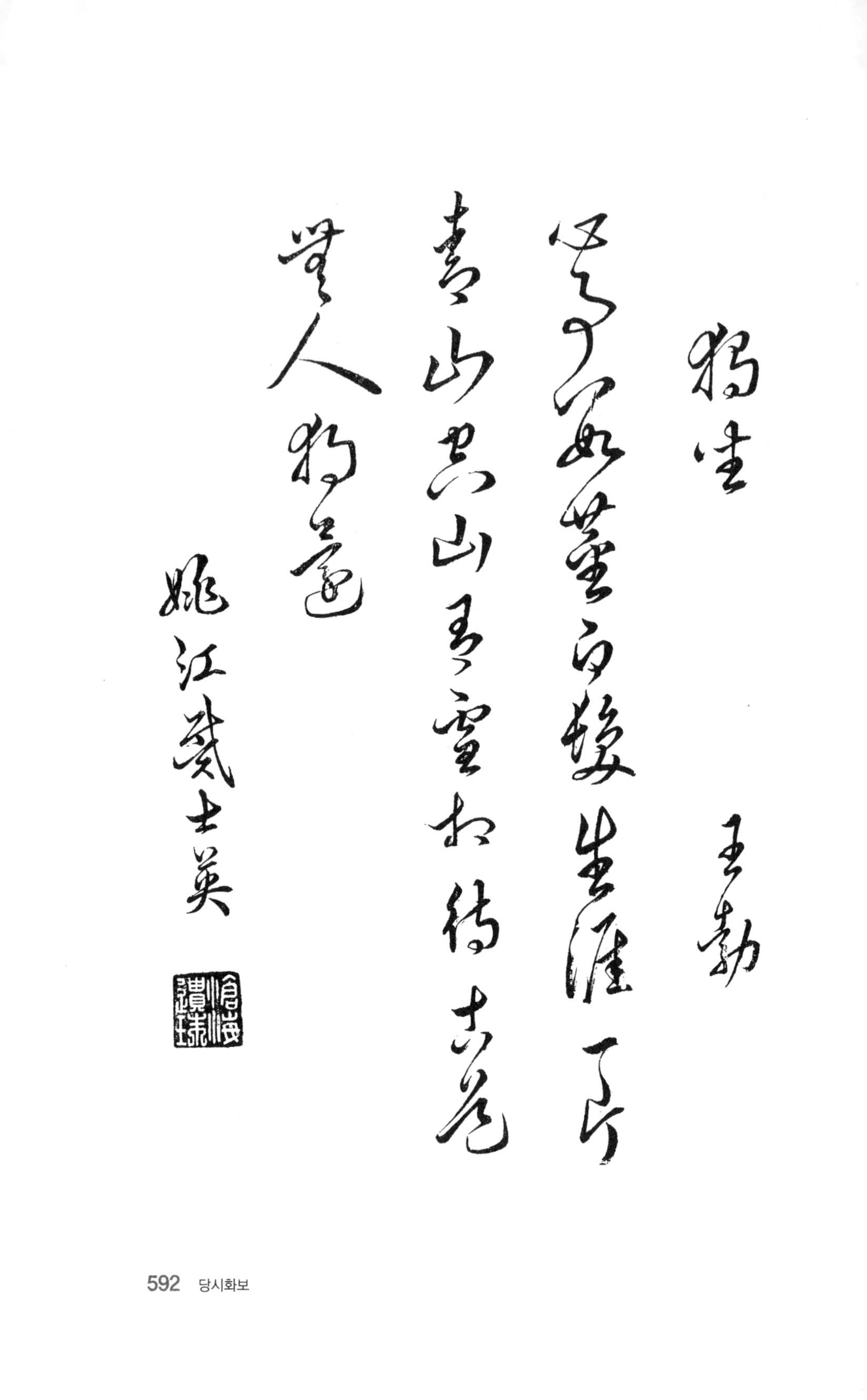

獨坐

王勃

[illegible]

姚江戴士英

滄海遺珠

홀로 앉아서

獨坐[1] 왕발(王勃)[2]

心事數莖白髮　　심사는 여러 뿌리 백발만 생기고
生涯一片靑山　　생애는 한 작은 푸른 산에 있네
空林有雪相待　　빈산에 눈이 있어 상대하는데
古道無人獨還　　옛 길엔 사람 없고 홀로 돌아가네

【주석】

1) 獨坐(독좌) : 『전당시』 242권에 장계(張繼)의 〈귀산(歸山)〉이라 하고, 267권에는 고황(顧況)의 〈귀산작(歸山作)〉이라 했다. 작가를 왕발이라 한 것은 잘못이다.

2) 왕발(王勃) : 649-676. 자는 자안(子安), 강주(絳州) 용문(龍門 : 지금의 山西省 河津縣) 사람. 14세에 유소과(幽素科)에 합격하여 조산랑(朝散郎)이 되었다. 패왕(沛王) 이현(李賢)이 그 명성을 듣고 불러다 수찬(修撰)으로 삼았다. 당시 여러 왕들이 투계(鬪鷄)를 좋아했는데, 왕발은 패왕을 위해 희롱삼아 「격영왕계문(檄英王鷄文)」을 지었다가 고종(高宗)의 분노를 사서 관직에서 쫓겨났다. 나중에 다시 괵주참군(虢州參軍)이 되었는데, 얼마 후 관노를 죽인 죄를 범하여 사형에 처해질 뻔했으나 사면을 받고 파직되었다. 이 사건으로 인하여 그의 부친 왕복치(王福畤)는 옹주사호참군(雍州司戶參軍)에서 교지령(交趾令)으로 좌천되었다. 왕발은 교지로 부친을 뵈러가는 도중 남해(南海)를 건너다 물에 빠졌는데, 이 일로 병이 들어 죽었다. 이때의 나이가 겨우 28세였다.

憶雁山

羅隱

天下名山雁宕人間勝景龍
湫我欲乘閒到此攜僧行
院同遊

徐明桂

안산을 추억하다

憶雁山[1]

나은(羅隱)[2]

天下名山雁宕　　천하 명산인 안탕산인데
人間勝景龍湫[3]　　세상의 승경으로 용추가 있네
我欲乘間到此　　내 틈을 타서 이곳에 오려고 했으니
携僧竹院同游　　승려를 데리고 죽원에서 함께 노니네

【주석】

1) 憶雁山(억안산) : 『전당시』에는 보이지 않는다. 아마 위작이 아닌가 싶다. 안산은 안탕산(雁蕩山)이다.

2) 나은(羅隱) : 833-909. 자는 소간(昭諫), 여항(餘杭) 사람. 본명은 횡(橫)인데 열 번이나 과거에 응시했으나 합격하지 못하여 개명하였다. 호남(湖南)·회(淮)·윤(潤) 등에 종사(從事)하였으나 뜻에 맞지 않아서 전류(錢鏐)로 돌아가 살았다. 전당령(錢塘令)을 지내고, 진해군장서기(鎭海軍掌書記)·절도판관(節度判官)·염철발운부사(鹽鐵發運副使)·저작좌랑(著作佐郎)·진수사훈랑(奏授司勳郎) 등을 지냈다. 주전충(朱全忠)이 간의대부(諫議大夫)로 불렀으나 가지 않았다. 나소의(羅紹威)가 급사중(給事中)으로 추천해주었다. 나이 77세에 죽었다.

나은은 젊어서부터 총민(聰敏)하였으나 뜻을 얻지 못하여 그의 시는 풍자(風刺)를 위주로 했다.

『삼국사기』에 "(최치원(崔致遠)이) 처음 서쪽으로 유학했을 때 강동(江東)의 시인 나은과 서로 알게 되었다. 나은은 재주를 믿고 고자세로 남을 쉽사리 인정하지 않았는데, 치원에게는 가시(歌詩) 5축(軸)을 보여주곤 했다"고 했다.

3) 龍湫(용추) : 안탕산에 있는 폭포 이름.

歸思　頗況

再見封侯萬戶立談賜璧一
雙詎勝耦耕南畝何如高臥
東窗

余學綸

余學綸

귀향 생각

歸思[1]　　　　고황(顧況)

再見封侯萬戶　　다기 봉후 만호를 보니
立譚賜璧一雙　　즉시 벽옥 한 쌍을 하사했다고 하네
詎勝耦畔南畝　　어찌 남쪽 밭에서 농사짓는 것보다 낫겠는가
何如高臥東窓　　동창에 편히 누운 것이 어떠한가

【주석】

1) 歸思(귀사) : 왕유(王維)의 〈田園樂七首(전원락7수)〉 중의 한 수이다.

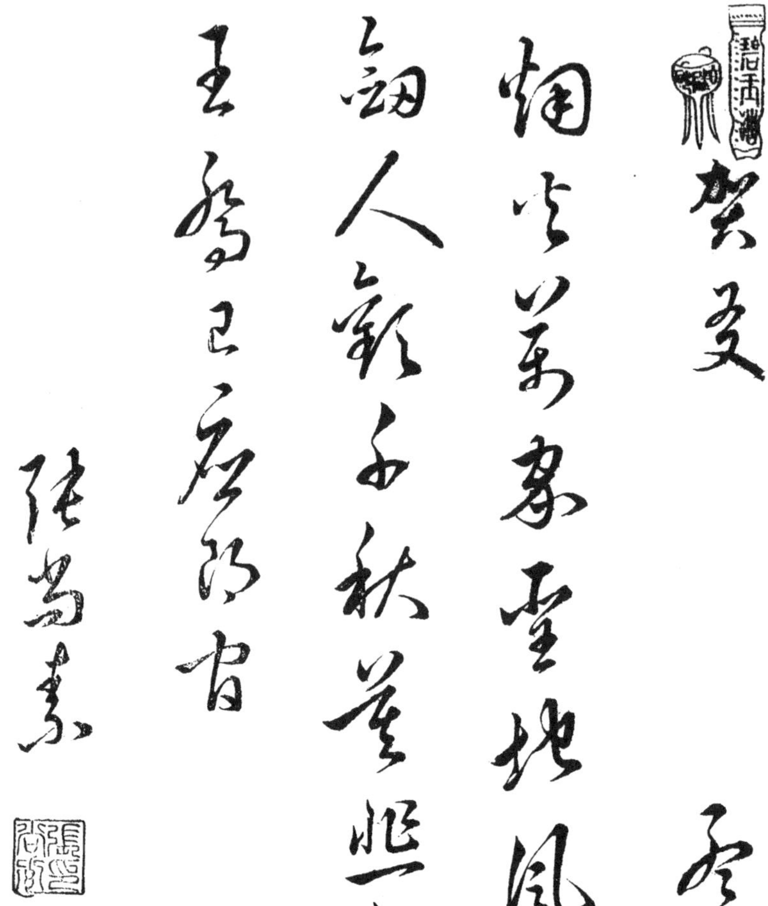

벗을 축하하다

賀友[1] 　　　　맹교(孟郊)[2]

煙火萬家聖地	만 가옥의 밥 짓는 연기 성지에 있는데
風雲雙劍人歡	풍운의 쌍검에 사람들이 기뻐하네
千秋莫悲直道[3]	천추에 직도를 슬퍼하지 말구려
王喬已應郎官[4]	왕교는 이미 낭관에 응했다네

【주석】

1) 賀友(하우) : 『전당시』에는 보이지 않는다. 아마 위작이 아닌가 싶다.

2) 맹교(孟郊) : 751-815. 자는 동야(東野), 호주(湖州) 무강(武康: 절강성 德淸縣) 사람. 덕정(德宗) 정원(貞元) 12년(796)에 진사에 합격하고 율양위(溧陽尉)가 되었으나 곧 사직했다. 헌종(憲宗) 원화(元和) 원년(806)에 하남수륙전운판관(河南水陸轉運判官)에 추천되고, 협률랑(協律郎)을 지냈다. 원화 9년(814)에 정여경(鄭餘慶)이 산남서도절도사(山南西道節度使)가 되어 홍원군참모(興元軍參謀)로 맹교를 추천하여 가족을 이끌고 부임하러 가던 도중에 하남(河南) 문현(閿縣)에서 병사했다.

3) 直道(직도) : 중국 진시황(秦始皇) 35년(기원전 212)에 몽염(蒙恬)에게 도로 건설을 명하여, 북쪽의 구원(九原)에서 남쪽의 운양까지 건설한 도로를 말한다. 몽염은 이후에 참소를 받고 처형되었다.

4) 王喬(왕교) : 후한 때 사람으로 신술(神術)이 있었는데, 그가 일찍이 섭현령(葉縣令)으로 있으면서 매월 삭망(朔望) 때마다 거기(車騎)도 없이 머나먼 길을 와서 조회에 참예하므로, 임금이 그를 괴이하게 여겨 그 내막을 알아보게 한 결과, 그가 올 때마다 오리 두 마리가 동남쪽에서 날아오므로, 그물을 쳐서 그 오리를 잡아 놓고 보니, 바로 왕교의 신발이었다고 한다. 상서랑(尙書郎)을 지냈다.

游宕山

王建

古木踈陰印苔陽江山色崔
嵬草長漁溪間却月明
釣艇歸来

翁大椿

탕산을 유람하다

游宕山[1]

왕건(王建)

古木疎陰印苔　　고목의 성근 그늘 속 이끼 찍히고
隔江山色崔嵬　　강 건너 산색은 높이 솟았네
草長漁溪閑却　　풀 자란 어계에서 한가히 물러나니
月明釣艇歸來　　달 밝은데 낚싯배가 돌아오네

【주석】

1) 游宕山(유탕산) : 『전당시』에는 보이지 않는다. 아마 위작이 아닌가 싶다.

元日 高適

萬樹金衣翠羽芳尊
桂酒椒漿獻歲松傾
鷄式鳴春款雜笙簧

應允祥

원일

元日[1]

고적(高適)[2]

玉樹金衣翠羽[3]	옥수엔 금의와 취우가 있고
芳尊桂酒椒漿[4]	향기로운 술동이엔 계주와 초장이 있네
獻歲杯傾鸚武[5]	새해를 축하하며 앵무 술잔 기울이고
鳴春韻雜笙簧	새 우는 봄에 생황소리 섞이었네

【주석】

1) 元日(원일) : 『전당시』에는 보이지 않는다. 아마 위작이 아닌가 싶다. 원일은 정월 초하루이다.

2) 고적(高適) : 702?-765. 자는 달부(達夫), 발해(渤海) 수현(蓨縣 : 지금의 하북성 景縣) 사람. 초년에는 벼슬에 나가지 못하고 오랫동안 양(梁)과 송(宋) 지역(하남성 開封 · 商丘)을 떠돌았다. 또 북쪽의 연(燕)과 월(越) 지역을 여행하고, 기상(淇上 : 하남성 淇縣)에 머물렀다. 천보(天寶) 8년 고적의 나이 50세에 '유도과(有道科)'에 합격하여 봉구위(封丘尉)에 임명되었으나 곧 벼슬을 버렸다. 안사(安史)의 난 이후, 조정으로 들어가서 형부시랑(刑部侍郎)을 거쳐 좌산기상시(左散騎常侍)가 되어 발해현후(渤海縣侯)에 봉해졌다.

고적은 잠삼(岑參)과 함께 성당의 변새시파를 대표하는 대가로서 '고잠'이라고 병칭된다.

3) 玉樹(옥수) : 아름다운 나무. 金衣翠羽(금의취우) : 금색과 비취색 나뭇잎을 말함.

4) 桂酒椒漿(계주초장) : 계주는 계수 향을 넣어 담근 술. 초장은 산초를 넣어 담근 술이다.

5) 鸚武(앵무) : 앵무라(鸚鵡螺, 앵무조개)로 만든 술잔.

自適

王摩詰

山南結其數廬林下返吾
初服寧為五斗折腰何
如一瓢滿腹

盛可傳

자적

自適[1] 왕마힐(王摩詰)[2]

山南結其弊廬　　산 남쪽에 그 오두막을 짓고
林下返吾初服[3]　　숲 아래 내 초복으로 돌아왔네
寧爲五斗折腰[4]　　어찌 오두미에 허리를 꺾으랴
何如一瓢滿腹[5]　　한 표주박으로 배를 불림이 어떠한가

【주석】

1) 自適(자적) : 『전당시』에는 보이지 않는다. 아마 위작이 아닌가 싶다.

2) 왕마힐(王摩詰) : 마힐은 왕유(王維)의 호이다.

3) 初服(초복) : 벼슬하기 전의 평민의 의복.

4) 五斗折腰(오두절요) : 진(晉)나라 도연명(陶淵明)이 일찍이 팽택령(彭澤令)으로 있을 때, 군(郡)의 독우(督郵)가 그곳 시찰을 나오게 되어, 아전이 도연명에게 의관을 정제하고 독우를 뵈어야 한다고 말하자, 도연명이 말하기를, "나는 다섯 말의 쌀 때문에 향리(鄕里)의 소인(小人)에게 허리를 굽힐 수 없다." 하고, 팽택 영의 인끈을 풀어 던지고 〈귀거래사(歸去來辭)〉를 짓고 귀향했다.

5) 一瓢(일표) : 한 표주박의 음료를 말한 것인데, 공자가 "어질도다, 안회여. 한 도시락밥과 한 표주박 음료로 누추한 시골에서 사는 것을, 다른 사람은 그 고통스러움을 견디지 못하거늘, 안회는 도를 즐기는 마음을 고치지 않으니, 어질도다, 안회여.[賢哉回也 一簞食 一瓢飮 人不堪其憂 回也不改其樂 賢哉回也]"라고 한 데서 온 말로, 전하여 아주 곤궁한 생활을 뜻한다.

遇風

白浩然

秋風吹日無光十里塵沙
面黃忽變南雲女戰翻
疑北海鵬翔

錢唐陳宗善書

바람을 만나다

遇風[1]

백호연(白浩然)

秋風吹日無光　　가을바람 해에 부니 빛이 없고
十里塵沙面黃　　십리 먼지모래에 얼굴이 누렇네
忽變南雲女戰　　갑자기 남쪽 구름으로 변하여 너와 싸우니
翻疑北海鵬翔[2]　　문득 북해의 붕새가 나는 듯 싶네

【주석】

1) 遇風(우풍) : 『전당시』에는 보이지 않는다. 아마 위작이 아닌가 싶다.

2) 北海鵬翔(북해붕상) : 『장자(莊子)』의 첫 편에 있는 말이다. 북해에 곤(鯀)이라는 물고기가 변하여 붕새가 되는데 그 크기가 이루 말할 수 없다. 이 붕새는 날지 않다가 바다 기운이 움직일 때 한 번 날아서 남쪽 바다로 간다고 했다.

田園樂

王摩詰

曙色天開淑氣風光序入
青陽耕鑿誰知帝力逍遙
人在羲皇

盛可述

전가의 즐거움

田家樂[1]

왕마힐(王摩詰)

曙色天開紫氣[2] 새벽 색의 하늘에 자기가 열리고
風光序入青陽[3] 풍광은 차례로 청양에 들었네
耕鑿誰知帝力[4] 밭 갈고 샘 파니 누가 제왕의 힘을 알리오
逍遙人在羲皇[5] 소요하는 사람은 희황 시대에 있네

【주석】

1) 田家樂(전가락) : 『전당시』에는 보이지 않는다. 아마 위작이 아닌가 싶다.

2) 紫氣(자기) : 자색의 구름 기운. 상서로운 기운이다.

3) 青陽(청양) : 봄철을 말한다.

4) 耕鑿(경착) : 밭 갈고 우물 판다는 말로, 여기에도 태평 시대를 구가한다는 뜻이다. 요(堯)임금 때에 어느 노인이 지었다는 〈격양가(擊壤歌)〉에 "해가 뜨면 일어나고 해가 지면 쉬면서, 내 샘을 파서 물 마시고 내 밭을 갈아서 밥 먹을 뿐이니, 임금님의 힘이 도대체 나에게 무슨 상관이랴.[日出而作 日入而息 鑿井而飮 耕田而食 帝力於我何有哉]"라는 말이 나온다.

5) 羲皇(희황) : 복희씨(伏羲氏)를 가리킨다. 그 시대의 백성들이 근심 없이 순박하고 한적하게 살았으리라 하여 은자들이 자칭 희황상인(羲皇上人)이라 하였다. 도연명(陶淵明)은 여름에 북창 아래 누워 있다가 맑은 바람이 불어오자 스스로 복희씨 시대의 사람이라 하였다.

辟穀　駱賓王

白社堪臨綠水青山好駐
紅顔曾獻裁花縣裡還從
辟穀人家

瀛海王繼宗

벽곡

辟穀[1] 낙빈왕(駱賓王)[2]

白社堪臨綠水[3] 백사는 초록 물에 임하고
青山好駐紅顔 푸른 산은 홍안을 머물러 둘 수 있네
曾厭栽花縣里[4] 일찍이 현리에 꽃 심은 것을 싫어했는데
還從辟穀人家 다시 벽곡하는 인가를 따르네

【주석】

1) 辟穀(벽곡) : 『전당시』에는 보이지 않는다. 아마 위작이 아닌가 싶다. 벽곡은 도가(道家)에서 오곡을 먹지 않는 수련 방법이다.

2) 낙빈왕(駱賓王) : 619~687?. 무주(婺州) 의오(義烏 : 지금의 浙江省 義烏縣) 사람. 7세에 글을 지었고, 오언시에 더욱 뛰어났음. 일찍이 지은 〈제경편(帝京篇)〉은 당시에 절창(絶唱)으로 여겨졌다. 처음 도왕(道王) 이원경(李元慶)의 속관(屬官)이었다가 무공(武功) 및 장안주부(長安主簿)를 지냄. 무후(武后) 때 시어사(侍御史)가 되어 여러 번 상소를 올려 일을 논하였다가 임해승(臨海丞)으로 좌천되어 앙앙(怏怏)히 뜻을 잃고 관직을 버리고 떠났다. 서경업(徐敬業)이 군사를 일으켜 무후를 공격할 때 낙빈왕을 부속(府屬)으로 삼았는데, 서경업을 위해 「격무조(檄武曌)」를 지어 무후의 죄상을 밝혔다. 무후가 그것을 읽어보고 두리번거리며 탄식하며 "재상(宰相)은 어찌 이런 사람을 잃었던가?"라고 했다. 서경업의 군사가 패한 후, 낙빈왕은 망명(亡命)하여 종적을 감추었다.

3) 白社(백사) : 백련사(白蓮社)의 약칭으로, 동진(東晉) 때 여산(廬山) 동림사(東林寺)의 고승(高僧) 혜원법사(慧遠法師)가 당대의 명사인 도잠(陶潛), 육수정(陸修靜) 등을 초청하여 승속(僧俗)이 함께 염불 수행을 할 목적으로 백련사를 결성하고 서로 왕래하며 친밀하게 지냈던 데서 온 말이다.

4) 栽花縣里(재화현리) : 진(晉)나라 반악(潘岳)이 하양현령(河陽縣令)으로 있을 때 현에 복숭아와 오얏을 가득 심었다고 한다.

洛陽

羅隱

洛陽女如春花白馬金鞭
散料欲問伊在何處佳人才
子名家

黃晃仲

낙양

洛陽[1]

나은(羅隱)

洛陽女如春花　　낙양 여자는 봄꽃 같고
白馬金鞭散斜　　백마와 금편은 석양에 흩어지네
欲問伊在何處　　저들이 어디 있나 묻고자 하니
佳人才子名家　　가인과 재자들은 명가들이라네

【주석】

1) 洛陽(낙양) : 『전당시』에는 보이지 않는다. 아마 위작이 아닌가 싶다.

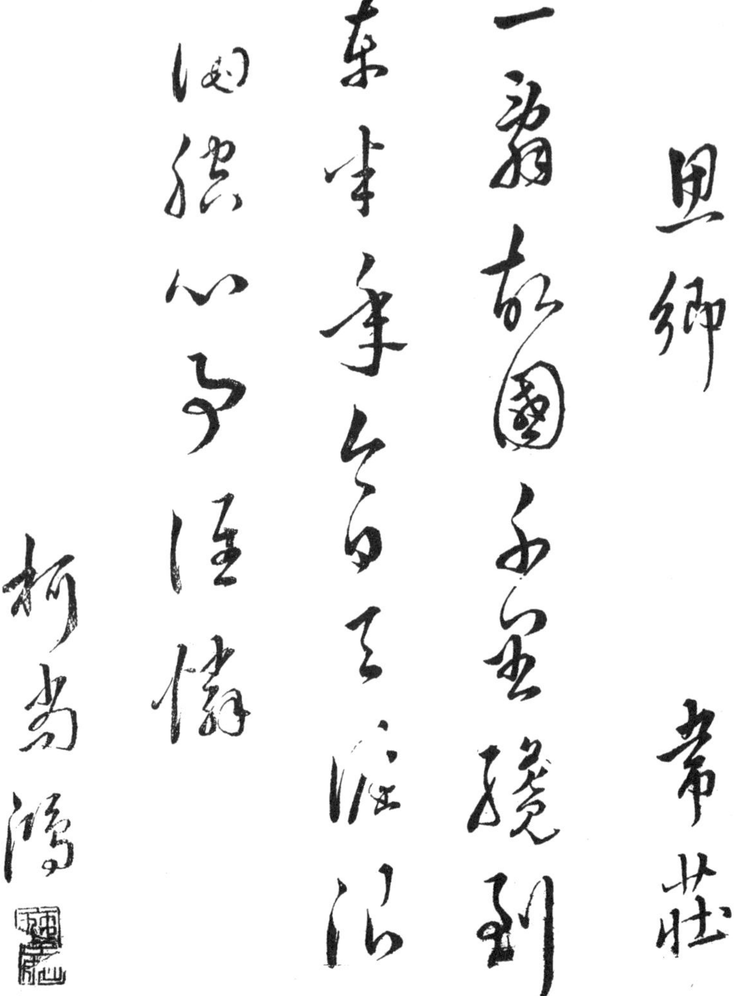

고향을 생각하다

思鄕[1] 위장(韋莊)[2]

一辭故園千里	한 번 고향을 떠나와 천리이고
纔到公車半年[3]	겨우 공거에 응한 반년이네
今日生涯浪迹	금일 생애는 어지러운 자취이고
滿腔心事誰憐	가슴 가득한 심사를 누가 동정하랴

【주석】

1) 思鄕(사향) : 『전당시』에는 보이지 않는다. 아마 위작이 아닌가 싶다.

2) 위장(韋莊) : 836-910. 자는 단기(端己). 두릉(杜陵) 사람. 건녕(乾寧) 원년에 진사에 합격하고, 교서랑(校書郞)이 되고 보궐(補闕)로 옮겼다. 이순(李詢)이 서천의유화협사(西川宣諭和協使)가 되었을 때 판관(判官)으로 임명했다. 중원(中原)이 다난하여 몰래 왕건(王建)에게 의지하고자 했다. 왕건이 장서기(掌書記)로 삼았는데, 곧 기거사인(起居舍人)이 되었다. 왕건이 찬위(簒位)하게 되자, 위장을 이부시랑(吏部侍郞) 및 동평장사(同平章事)로 임명했다.

3) 公車(공거) : 중앙에서 치르는 과거시험에 응시하는 것을 뜻하는 말로, 한(漢)나라 때 지방 사람으로서 과거시험에 응시하는 자를 공가(公家)의 수레에 태워서 서울로 보냈으므로 이렇게 이른다.

冬景

李白

凍筆新詩懶寫寒爐美
酒時溫醉看梅花月白恍
疑雪滿前邨

髮僧猴之

겨울 경치

冬景[1]

이백(李白)

凍筆新詩懶寫　　언 붓으로 새 시를 게을리 베끼고
寒爐美酒時溫　　식은 화로에 좋은 술을 때때로 데우네
醉看梅花月白　　취해 달빛 속 매화를 보니
恍疑雪滿前邨　　황홀히 눈이 앞마을을 덮었나 싶네

【주석】

1) 冬景(동경) : 『전당시』에는 보이지 않는다. 아마 위작이 아닌가 싶다.

秋閨新月

羅隱

遙憶故人遠別落花幾度
風前雁足鄉書未見娥眉
新月空懸

柯雨瀍

가을 규방의 새 달

秋閨新月[1)] 나은(羅隱)

遙憶故人遠別[2)] 고인과의 먼 이별을 아득히 생각하니
落花幾度風前 낙화는 몇 번이나 바람 앞을 지났는가
雁足鄉書未見[3)] 기러기 발에선 고향 편지를 보지 못하고
蛾眉新月空懸[4)] 고운 눈썹 같은 새 달이 허공에 매달렸네

【주석】

1) 秋閨新月(추규신월) : 『전당시』에는 보이지 않는다. 아마 위작이 아닌가 싶다. 앞에 이미 왕건(王建)의 시로 실려 있다.

2) 故人(고인) : 군역을 위해 멀리 떠난 낭군을 말한다.

3) 雁足鄉書(안족향서) : 편지를 말한다. 한무제(漢武帝) 때 소무(蘇武)가 흉노(匈奴)에 사신으로 갔을 때 흉노의 선우(單于)가 그를 굴복시키려고 온갖 회유와 협박을 가해도 소용이 없자 북해(北海) 주변의 황량한 변방에 그를 안치하고 양을 치게 하였다. 그 뒤 소제(昭帝)가 흉노와 화친을 맺고서 소무를 돌려보내 줄 것을 요청하자, 흉노 측에서는 소무가 이미 죽었다고 속였는데, 이에 한나라 사신이 "우리 천자가 상림원에서 기러기를 쏘아 잡았는데, 기러기 발목에 묶인 편지에 '소무 등이 어느 늪 속에 있다.'라고 하였다.[天子射上林中 得雁 足有係帛書 言武等在某澤中]"라고 기지를 발휘하며 다그친 덕분에 소무가 19년 만에 귀국하게 되었다는 안족전서(雁足傳書)의 고사가 있다.

4) 蛾眉(아미) : 누에나방의 눈썹. 주로 미인의 눈썹을 말한다.

후기

한국전통악무연구소는 2004년에 문을 열었다. 한국 전통춤의 역사와 철학, 의미를 공부하기 위해 모인 학술 단체로 출발했다.

지난 11년 동안 연구소의 학우들은 일주일마다 하루씩 공부 모임을 가졌다. 공부는 처음에 어옹 기태완 선생을 모시고 진양 『악서(樂書)』 「악도론(樂圖論)」 무(舞)편의 강독으로 시작했다. 이어서 『구당서』 음악지(音樂志), 『신당서』 예악지(禮樂志), 최흠령(崔令欽)의 『교방기(敎坊記)』·『역대악지율지교석(歷代樂志律志校釋)』·『명집례(明集禮)』 등을 강독했다. 이어서 『시경(詩經)』 강독을 한 후, 기태완 저 『한위육조시선』·『당시선』·『송시선』 등을 읽었다.

올해 1월에 연구소 학우들은 몇몇 지인과 함께 강소성과 절강성 일대로 7박 8일 동안 여행을 했다. 주로 당나라와 송나라 시인들의 자취를 찾는 것이 목적이었으니 이른바 한시(漢詩) 답사였다.

소주 한산사(寒山寺) 풍교(楓橋)에서 당나라 장계(張繼)의 유적을 찾아 〈풍교야박(楓橋夜泊)〉 시를 외우고, 항주 서호(西湖)에서 소동파(蘇東坡)와 백거이(白居易)가 축조한 제방을 거닐며 그들의 시를 읊었다. 서령교(西泠橋) 가의 소소소(蘇小小) 묘 앞에서는 이하(李賀)의 〈소소소묘〉 시를 외웠다. 또 중국 근대 여성 혁명가 추근(秋瑾)의 동상을 구경하고 고산 방학정(放鶴亭)을 찾았다. 방학정에서 고산자 임포(林逋)의 묘에 술을 따르며 참으로 감회가 깊었다. 마침 주변에 매화 몇 송이가 피어 있었는데 마치 매처학자(梅妻鶴子)로 평생을 보냈던 고산자의 혼인가 싶었다.

그의 〈산원소매(山園小梅)〉 시가 절로 떠올랐다.

남경에서는 옛날 오의항(烏衣港) 거리에서 유우석(劉禹錫)의 〈오의항〉 시를 읊었다.

양주의 양주팔괴 박물관, 상해의 상해 박물관, 소홍의 왕희지 난정, 양명학의 창시자 왕수인의 묘, 명나라 화가 서위의 묘와 기념관, 노신 기념관, 추근 생가 등을 방문했다. 옛 정원인 심원은 남송 육유(陸游)의 자취가 있어서 더욱 감동적이었다.

여행은 바쁜 일정이었지만 우리 일행은 저녁식사 때마다 바이지우(白酒)를 마시며 차례로 당·송시 한 편씩 암송하며 즐겼다. 특히 차명희 선생은 바이지우 한 잔에 시 한 편씩, 수십 수의 시를 외워 좌석을 놀라게 했다.

이 여행은 그간 수십 번 중국 여행을 했고, 또 중국어에 능통한 권오향 선생이 모든 일정을 설계했다. 참여한 일행은 어옹 선생, 권오향, 김복선, 차명희, 이종숙과 사진작가 김병욱, 코우스 예술감독 진옥섭 선생이다.

여행에서 돌아온 후 어옹 선생께서 황봉지의 『당시화보』의 강독을 제안했다. 강독은 그림과 글씨를 감상하고, 시를 번역하고, 주석을 붙이고, 또 암송하는 방식으로 진행했다. 그렇게 수개월이 지나서 이제 『당시화보』의 출간을 앞두게 되었다.

애초에 『당시화보』의 강독은 중국에 다녀온 한시 답사가 계기가 된 것이다. 시 암송이라는 즐거움을 깨닫게 한 여행이었던 것이다. 『당시화보』 강독에 참여한 학우는 박현희, 권오향, 김복선, 차명희, 이종숙이다. 언제나 멋의 세계로 이끌어주시는 어옹 스승님께 깊이 감사 올린다.

2015년 9월 20일

취하산인(醉霞散人) 해당 이종숙

기태완(奇泰完)

중앙대학교 문예창작과 졸업.
성균관대학교 국어국문학과 석사·박사 졸업. 문학박사.
홍익대학교 겸임교수와 연세대학교 연구교수 역임.
저서로 『황매천시연구』, 『곤충이야기』, 『한위육조시선』, 『당시선』 上·下, 『천년의 향기-한시 산책』, 『화정만필』, 『송시선』, 『요금원시선』, 『명시선』, 『청시선』, 『꽃, 들여다보다』, 『꽃, 마주치다』 등이 있고, 역서로는 『거오재집』, 『동시화』, 『정언묘선』, 『고종신축의궤』, 『호응린의 역대한시 비평-시수』, 『퇴계 매화시첩』, 『심양창화록』, 『집자묵장필유』 8책 등이 있다.

당시화보

2015년 10월 21일 초판 1쇄 펴냄

편 간 황봉지
역주자 기태완
펴낸이 김흥국
펴낸곳 도서출판 보고사

책임편집 이순민
표지디자인 오동준

등록 1990년 12월 13일 제6-0429호
주소 경기도 파주시 회동길 337-15 2층
전화 031-955-9797(대표)
02-922-5120~1(편집), 02-922-2246(영업)
팩스 02-922-6990
메일 kanapub3@naver.com / bogosabooks@naver.com
http://www.bogosabooks.co.kr

ISBN 979-11-5516-474-7 93820

정가 35,000원

이 도서의 국립중앙도서관 출판예정도서목록(CIP)은 서지정보유통지원시스템 홈페이지(http://seoji.nl.go.kr)와 국가자료공동목록시스템(http://www.nl.go.kr/kolisnet)에서 이용하실 수 있습니다. (CIP제어번호 : CIP2015026338)